BERYL STAFFORD WILLIAMS

Mellt yn Taro

CYSTADLEUAETH GWOBR GOFFA DANIEL OWEN

Eisteddfod Genedlaethol Frenhinol Cymru 1995

Argraffiad cyntaf—Awst 1995

ISBN 1 85902 213 8

ⓗ Llys yr Eisteddfod

Dymuna'r cyhoeddwyr gydnabod cymorth Adrannau'r Cyngor
Llyfrau Cymraeg

Argraffwyd gan
Wasg Gomer, Llandysul, Dyfed

Gwyddai yn awr beth i'w wneud, beth oedd yn rhaid iddi ei wneud. Roedd y ffordd yn glir. Clywai'r tonnau yn torri ar y lan a'r cerrig crwn, llyfn yn clecian yn erbyn ei gilydd wrth i'r llanw aflonyddu arnyn nhw, ond cadwai ei golygon ar y gorwel. Doedd dim troi'n ôl.

Rhyfedd fel roedd hi wedi landio yn fan hyn ar ôl bod yn crwydro gyrru dyn a ŵyr ymhle drwy'r pnawn, yma wrth y môr, y glan môr y bu'n byw yn ei olwg yn blentyn gyda'i rhieni ac yn ddiweddarach gyda'i thad ar ôl marw ei mam.

Roedd yn anodd dychmygu'r dyddiau hynny yn awr, y dyddiau cyn adnabod Math. Safai'r hen gartref ar y llethrau y tu ôl iddi; gallai ei weld yn hawdd petai'n troi ei phen. Faint oedd hi—blwyddyn? dwy?—er pan symudodd oddi yno i Dŷ Tŵr? Bu adeg, amser byr yn ôl, pan allai hi gyfrif bron i'r funud faint o amser oedd hi ers y diwrnod cyntaf hwnnw pan gychwynnodd ei gwynfyd.

Pennod 1

'Dwi'n meddwl dy fod ti'n nabod y rhan fwya, Margo,' meddai Selin gan afael yn ei braich a'i harwain i'r lolfa. Roedd yn ofalus o'i ffrind swil ac yn awyddus i bawb deimlo'n gartrefol yn ei phartïon. 'O, wyt ti 'di cyfarfod Math? Math Pierce, o'r Adran Hanes?'

Dechreuasai'r diwrnod hwnnw, y dydd y cyfarfu gyntaf â Math, fel unrhyw ddiwrnod arall. Dydd Iau oedd hi. Roedd amserlen lawn ganddi yn yr ysgol ac edrychai ymlaen at yr awr olaf gyda'r Chweched pan allai ymlacio rhywfaint. Dim angen poeni am gadw disgyblaeth a gobaith am gael trafod llenyddiaeth fel rhwng oedolion.

Eisteddodd i aros amdanyn nhw, yn falch o gael dal ei dwylo a chael munud iddi'i hun. Doedd hi ddim yn siŵr a oedd arni eisiau mynd i'r parti yn nhŷ Selin a Celt y noson honno. Fel y teimlai'n awr byddai'n well ganddi aros yn tŷ ond roedd yn hoff ohonyn nhw'u dau ac efallai ei bod hi'n treulio gormod o amser yn ei chwmni ei hun, chadal Selin, wedi marw ei thad. Clywai ei disgyblion yn cerdded yn hamddenol ar hyd y coridor ar ôl i weddill yr ysgol setlo i lawr i'w gwersi. Wedi bron i flwyddyn gron yn y Chweched roedden nhw wedi perffeithio'r gelfyddyd o gerdded y coridorau fel y duwiau ar Olympws. Mewn gwirionedd roedden nhw'n fodau dynol, agos-atoch chi, ac er y gallen nhw fod yn hy arni weithiau, yn null rhydd yr oes, daethai yn hoff o'r tri ohonyn nhw a byddai'n chwith ganddi ffarwelio â nhw ar ddiwedd y tymor, ond roedd hi wedi penderfynu mynd.

'Tudalen wyth deg pedwar,' meddai uwchlaw'r dwndwr agoriadol, y dad-sipio bagiau a'u sipio drachefn cyn eu taro'n ddiofal ar lawr.

'Fyddwn ni 'di gorffan y Pedair Cainc erbyn yr arholiada, Miss?' gofynnodd Manon.

'Dyna ydi'r bwriad, os dowch chi'n fwy prydlon i'r gwersi o hyn ymlaen—bawb ohonoch chi, plîs?' a gwenodd.

'Hynny a wnawn yn llawen, Arglwyddes,' meddai Harri gan ddechrau edrych fel swot wrth agor ei lyfr. 'Waw, waw, waw! Y *big scene* heddiw, Miss.'

Roedden nhw wedi cyrraedd y rhan pan oedd Lleu oddi cartref a Gronw Pebr, yr heliwr, wedi ei ddal gan y nos, yn derbyn lletygarwch Blodeuwedd a'r ddau yn syrthio mewn cariad. Treuliodd Margo beth amser yn esbonio rhywfaint ar y testun i gychwyn ond gynted iddi ddechrau darllen stori'r garwriaeth heb doriad daeth y cwmni bach yn amlwg dan swyn crefft y cyfarwydd, y dweud syml, hardd, a chyflymder y digwydd.

Pan beidiodd y darllen bu distawrwydd am eiliad neu ddau ac yna meddai Harri, 'Waw! Fel melltan yn taro, 'te, Miss?'

'Ac i'r gwely'n syth bin!' ychwanegodd Siôn. 'Doeddan nhw ddim yn gwastraffu amsar yn y Canol Oesoedd, nag 'ddan nhw? Ac mae pobol yn gweld bai ar bobol ifync heddiw!'

'Ia, ond cofiwch chi, sôn mae'r storïwr am y cyfnod paganaidd ymhell bell cyn ei gyfnod o'i hun,' atebodd Margo gan gogio'i roi yn ei le.

'Ond yn gwbod sut i gadw pobol 'i oes 'i hun yn hapus efo tipyn o stwff *nudge, nudge* weithia, ia? I'w cadw nhw'n effro.'

'O, trystio chdi i ddifetha'r awyrgylch rhamantus, Siôn,' meddai Manon.

''Na chdi, *dream on*, Man-on.'

''Drychwch, mae hi bron yn amser y gloch,' meddai Margo, 'ac mae arna i eisio gosod gwaith i chi dros yr hanner tymor.'

'*Gerr-a-life*, Miss!' meddai Siôn gydag ochenaid fawr.

'Be?'

'*Get-a-life* mae o'n trio'i ddeud, Miss,' meddai Harri.

'O?'

'Mae o'n golygu "peidiwch â gweithio'n rhy galad, mwynhewch eich hun weithia",' esboniodd ymhellach.

'Peidiwch â chymyd dim sylw ohono fo, Miss,' meddai Manon.

'Wel, diolch am 'y ngoleuo i ond mae'r arholiada'n nesáu a'r dasg dros yr hanner tymor fydd trosi'r rhan hon o'r stori i Gymraeg Diweddar yn eich geiria eich hun, a gwnewch eich gora i gyfleu urddas y gwreiddiol yr un pryd, os gwelwch yn dda.' Casglodd ei llyfrau ynghyd yn frysiog. 'Hwyl i chi.'

''Nest ti neud iddi gochi rŵan, Siôn,' meddai Harri gydag iddi fynd.

'Do, bechod, Siôn, rhag cwilydd i ti. Ma hi'n neis.'

'O, jest dipyn bach o herian. Fasa hi'n gallu bod reit secsi tasa hi'n trio.'

'Math,' meddai Selin, 'dwi ddim yn meddwl dy fod ti'n nabod Margo, Margo Williams, hen ffrind ysgol i mi.'

Dyma'r foment a gasâi Margo. Y sefyll ar y

trothwy a gorfod dechrau sgwrs efo pobl nad oedd yn rhy gyfarwydd â nhw. Roedd yn ymwybodol fod y stafell yn llawn, y gymysgedd arferol o staff a myfyrwyr y Coleg yn Llanadda lle'r oedd Celt yn Athro Hanes. Unwaith y byddai hi wedi taro ar thema ddiddorol byddai'n teimlo'n well ond roedd y busnes o orfod mynd trwy'r pytiau agoriadol petrusgar yn boen ganddi.

'Na, sa i'n credu'n bod ni'n nabod ein gilydd, ŷn ni? Shwd ma'i?' a chynigiodd ei law iddi.

Llygaid glas trawiadol, a hyd yn oed cyn iddo dorri'n rhydd oddi wrth yr hanner cylch o ferched edmygus o'i gwmpas—myfyrwyr, debyg—roedd hi wedi sylwi ar y proffil cryf oedd fel petai wedi ei naddu o graig ac ar y clwstwr o wallt du cyrliog oedd yn dechrau britho.

'Margo ydi Pennaeth y Gymraeg yn Ysgol Menai,' meddai Selin, 'a mae hi hefyd yn sgwennu,' ac i ffwrdd â hi.

'Mae'ch amser chi'n brin iawn felly. Pa fath o bethe ŷch chi'n sgrifennu? Maddeuwch i mi, ddylwn i wybod amdanoch chi?'

'Go brin! Straeon byrion ran fwya ond mae gin i chwilen yn 'y mhen yr hoffwn i drio'n llaw ar rywbath gwahanol. Dyna pam dwi'n rhoi'r gora i ddysgu yr ha 'ma.'

'Ŷch chi o ddifri felly. Beth? Nofel?'

'Wn i ddim yn iawn. Dwi 'di cael fy hudo gan y dyn 'ma, George Aaron, o ddiwadd y ganrif ddiwetha er pan ôn i'n blentyn—rhyw gysylltiad teuluol—ac mae gin i flys sgwennu rhywbath amdano fo. Nofel, ella, neu ryw fath o fywgraffiad llenyddol—ga i weld be ddaw. Hanesydd 'dach chi?'

'Hanes Celf. Dŷn nhw ddim yn f'ystyried i'n hanesydd iawn.'

'Choelia i fawr—mae o'n siŵr o fod yn goleuo'r gorffennol. Ôn i wrth 'y modd efo'r pwnc yn yr ysgol erstalwm.'

'Mae'r pwnc wedi newid, wyddoch chi.'

'Be? Cywirdeb gwleidyddol, ffeministiaeth ac yn y blaen?'

'Wrth gwrs.' Roeddynt ill dau wedi dechrau gwenu ar ei gilydd. 'Renoir wedi mynd yn hen sgamp oherwydd yr agwedd tuag at ferched yn ei waith—'

'A Gauguin, mae'n debyg, yn fwy diegwyddor byth draw yn Tahiti—'

'Gwyn 'ta coch, Margo?' Celt oedd wrth ei phenelin yn dal hambwrdd o win. 'Yli, mae gin i rywun dwi eisio i ti gyfarfod am funud draw fan'cw—'

'Ôn i'n meddwl dy fod ti'n gyfaill i mi, Celt?' meddai Math.

'Mae'n ddrwg gin i, Math, esgusoda ni, ond dwi'n gweld fod gin ti ddigon o gwmni yn aros amdanat ti.'

Wedi hynny cyrhaeddodd rhagor o westeion i sefyll fel gwahanfur rhyngddyn nhw ac i lenwi'r aer â lleisiau pobl eraill. Unwaith, pan oedd hi ar ganol llyncu tamaid o *crème brûlée* Selin, a flasai fel telyneg ar y tafod, fe'i daliodd yn gwenu arni ac am funud teimlai yn falch ei bod wedi gwisgo'i ffrog fach ddu. *Hitheu a gymerth ddirfawr lawenydd ynddi.*

Roedd bob amser wedi meddwl amdani'i hun fel un o silidóns bywyd ac eto pan ganodd y ffôn y noson wedyn doedd hi ddim yn syndod ganddi glywed ei lais. Ac o fewn deng niwrnod roedden nhw'n bâr priod.

Ar ddiwedd y llith o gyhoeddiadau yn y stafell athrawon y bore Llun yn dilyn wythnos y Sulgwyn estynnodd y prifathro groeso cynnes i 'Mrs Pierce'. Oedodd am funud i fwynhau gweld ei athrawon mewn penbleth ac un neu ddau ohonyn nhw yn edrych o'u cwmpas am athrawes lanw newydd yn eu plith. Astudiodd Margo batrwm y carped wrth iddo fynd yn ei flaen i esbonio nad oedd y Pennaeth Cymraeg wedi gwastraffu'i hamser dros y gwyliau a'i bod wedi mentro i'r stad briodasol.

'Dwi'n siŵr ein bod ni i gyd yn dymuno'r gorau iddi.'

'A ddim yn deud dim byd!' meddai un o'i ffrindiau wedi iddo fynd. 'Ddim rhyfadd dy fod ti 'di rhoi dy notis i mewn ddechra'r tymor. Ôn i'n amau fod 'na rywbath, ac mai rhyw hen esgus oedd y sgwennu 'na.'

A rhwng y protestio a'r llongyfarch doedd Margo ddim mor brydlon ag arfer yn mynd i'r wers gyntaf ac roedd y Chweched yn y stafell ddosbarth o'i blaen hi.

'Twt, twt, twt!' medden nhw gan ysgwyd eu pennau yn drist wrth iddi gerdded i mewn.

''Dach chi'n gweld? 'Dan ni yn gwrando arnoch chi, Miss,' meddai Manon. 'Oeddan ni yma ar y dot heddiw.'

'Yn ieuenctid y dydd, f'Arglwyddes,' ychwanegodd Harri.

Nid cyfeiriad bach smala at ei phriodas ddisymwth oedd y twt-twtio, felly. Na, prin fod llawer o neb wedi clywed y newydd. Hi'i hun oedd wedi rhoi gwybod i'r prifathro o ran cwrteisi. Edrych-odd ar yr wynebau rhadlon, agored. Dylai ddweud wrthyn nhwythau yn hytrach na gadael iddyn nhw glywed gan rywun arall. Ar ddiwedd y wers, efallai.

'Gobeithio'ch bod chi 'di llwyddo i wneud be ofynnis i ichi dros y gwylia?'

'Dioer, Arglwyddes,' meddai Harri gan chwilio am ei bapur i'w dynnu o'i lyfr ffeil, a dechreuodd y clic-clic arferol wrth i'r dosbarth agor a chau cylchoedd bach metel eu llyfrau nodiadau un ar ôl y llall fel gynnau'n tanio.

'Chi gynta, Manon, os gwelwch yn dda?'

Ei harfer gydag ymarferion o'r fath oedd gofyn iddyn nhw ddarllen darnau o'u gwaith iddi, y naill ar ôl y llall, a stopio bob yn hyn a hyn i drafod rhyw fanylyn am addasrwydd y trosiad. Ond heddiw roedd ei meddwl yn mynnu crwydro. Bodo Bec. Sut y byddai hi'n derbyn y newydd, tybed? Chawsai hi ddim cyfle i ddweud wrthi eto. Byddai'n rhaid iddi fynd i'w gweld i Gartref Plas Tirion ryw bnawn ar ôl yr ysgol, a mynd i ddangos Math iddi ryw dro eto ar ôl iddi gael amser i ddygymod â'r sioc. Ia, fe âi hi yno ymhen rhyw ddiwrnod neu ddau. Fyddai hi fawr o dro yn picio draw. Dyna pam roedd Bodo Bec wedi dod i Blas Tirion o Birmingham ryw dair blynedd yn ôl, er mwyn bod o fewn cyrraedd i Margo, ei hunig nith, ac yn ddigon pell oddi wrth Bodo Mac, ei hunig chwaer bellach, oedd yn dal i fyw yn yr hen gartref yn Llawr-cwm ym Meirionnydd. Bec a Mac, dwy chwaer ei mam, oedd yr unig deulu oedd ganddi. Rhyfedd fel roedd y ddwy wedi cyrraedd oed mawr, a'i mam, oedd gymaint yn iau na nhw, wedi mynd ers blynyddoedd. Wel, fyddai dim peryg i'r sgwrs fynd yn hesb pan âi yno i ddweud yr hanes.

Roedd wedi gadael i Manon fynd ymlaen yn rhy hir, druan bach.

'Ewch chi ymlaen rŵan, Harri, os gwelwch yn dda?'

'"Ni allai ef gelu'r ffaith ei fod yn ei charu ac agorodd ei galon iddi. Llanwyd hi gan hapusrwydd a thrwy'r noson honno buont yn siarad am y serch a'r cariad a deimlai'r naill at y llall . . ."'

Daeth Margo yn ymwybodol o'r cryndod yn ei lais. Oedd y taclau bach wedi clywed y newydd wedi'r cwbl ac wedi bod yn ei drafod cyn iddi ddod i mewn nes peri bod Harri yn awr ar fin torri i lawr i chwerthin? Wel, hwyrach fod y syniad o athrawes mewn cariad braidd yn chwerthinllyd, yn enwedig athrawes ganol-oed.

'"Ac ni allent feddwl am oedi chwaneg na'r nos honno."'

Craffodd Margo arno. Roedd y bachgen yn ymddangos o ddifri. Efallai mai ei freuddwydion ei hun oedd ganddo; symud yn ein bydoedd ein hunain yr yden ni i gyd.

Cododd a hel eu papurau i mewn i gael golwg pellach arnyn nhw gan nad oedd hi wedi medru canolbwyntio yn y wers.

'Hm, hm, hm!' Siôn oedd yn crafu'i wddw.

'O, Siôn, mae'n ddrwg gin i. Dwi 'di anghofio amdanoch chi, 'ndo?'

'Do, Miss, a finna 'di 'i neud o hefyd a jest fel oeddan nhw'n dechra meddwl sut i ladd 'i gŵr hi.'

'Wel, rhowch grynodeb cyflym i mi am rŵan 'ta, Siôn, o sut i ladd Lleu.'

'Argol, dydi hynny ddim yn hawdd, nagdi? Wel i ddechra, 'lly, mae'n rhaid cael bàth—ia? Dwi'n iawn? 'Rhoswch funud bach—*ennein*—dwi'n iawn? Bàth 'di hynny?'

'Ia,' meddai Manon, 'dos yn dy flaen.'

'Bàth, 'lly, ar lan afon, efo to uwch 'i ben o, 'lly, a fynta i fod ag un droed ar ochr y bàth ar 'i ffordd allan ohono fo a'r droed arall ar gefn bwch gafr—argol, the *mind boggles*—ac wedyn fel mae o'n *poised* yn fanno mi fasa fo mewn peryg o gael 'i ladd tasa gwaywffon yn 'i daro fo. 'Na fo, *sorted*.'

'Nace ddim,' meddai Manon. 'Gwaywffon wedi cymyd blwyddyn i'w gneud ac ar Sulia'n unig. So. Ond, Miss, be dwi'n methu ddallt, 'te, Miss, ydi—dwi'n gwbod ma stori ydi hi, 'lly, ond wedyn—sut galla Blodeuwedd fyw efo Lleu am flwyddyn gyfa tra oedd Gronw Pebr yn gneud y waywffon? Fedrach chi byth fyw efo dyn, na f'drach chi, a chitha'n 'i gasáu o ddigon i'w ladd o?'

'Paid â bod mor pathetig, Manon, 'nei di?' meddai Harri.

'Ddaru chi weld yn y papur ddoe, Miss,' meddai Siôn, 'am y ddynas 'na 'di gneud efo'i chariad i ladd 'i gŵr a dyma hi'n hudo'i gŵr i ryw goed tywyll tu ôl i'r tŷ, esgus 'i bod hi'n mynd i fwydo llwynogod bach, a gosod gola cryf ar y goedan a dechra—'

'O, cau dy ben, Siôn, 'nei di?' meddai Harri.

'Ac un arall, 'de, Miss, am ryw ddynas a'i chariad wedi talu mil o bunna i ryw foi i ladd 'i gŵr hi a'r plot wedi methu a'i gŵr hi'n deud 'i fod o wedi madda iddi hi a'i fod o eisio hi'n ôl. "*Apart from that, we had a tremendous relationship,*" medda fo. *Apart from that*! Argolêd!'

Pennod 2

Ymddengys yn eglur nad yw yr ysgrifell ac yntau yn ddyeithr i'w gilydd, gan mor rwydd, difyrus a choeth yr ysgrifena.

Daeth yr hydref ac eisteddai Margo yn ei bae yn llyfrgell y coleg ar ben ei digon. Dyma beth oedd hi wedi edrych ymlaen ato gyhyd, yr hamdden i sgrifennu. Dechreuasai lenydda yn gynnar, yn rhannol dan ddylanwad ei mam a fyddai wedi hoffi bod yn awdures ei hun. Proses araf oedd hi wedi bod i Margo, a hithau yn dysgu mewn ysgol yn y canolbarth bryd hynny—ambell gerdd, ambell stori yn awr ac yn y man, yn diweddu yn y bin sbwriel gan amlaf, ond un neu ddwy maes o law wedi ffeindio'u ffordd i ryw gylchgrawn neu'i gilydd nes o'r diwedd iddi gyhoeddi casgliad o straeon byrion. Gresynai nad oedd ei mam wedi byw i weld hynny. Bu farw'n sydyn ryw fis neu ddau cyn i'r gyfrol ymddangos. Torrodd ei thad ei galon. Roedd wedi ymddeol fel meddyg ers rhai blynyddoedd a chan ei fod gymaint yn hŷn na'i wraig doedd o erioed wedi dychmygu y byddai'n cael ei adael ei hun. Cafodd Margo ganiatâd i aros gartref gyda'i thad am gyfnod ar ôl yr angladd i'w ymgeleddu ac i fynd trwy bethau ei mam. Fel y deuai'r amser hwnnw i ben crefodd ei thad arni i ddod ato i fyw; câi swydd ddysgu yn rhywle wrth ymyl, siŵr o fod, os oedd am fynd ymlaen â'i gyrfa. Ofnai Margo na fyddai'r trefniant yn gweithio. Roedd yn hoff ohono ond doedd o ddim yn ddyn hawdd byw efo fo. Ac er mai hi oedd ei unig blentyn mae'n bosib y byddai wedi glynu wrth ei hannibyniaeth ac wedi dysgu byw gyda'i heuogrwydd—wedi addo dod adre'n amlach ac wedi trefnu i Mrs Roberts ddod i mewn bob dydd—oni bai am rywbeth arall a'i blinai y pryd hynny.

Roedd yn cael ei phlagio gan un o'i chydathrawon. Bu perthynas fyrhoedlog rhyngddyn nhw unwaith, rhywbeth y llithrodd iddo ar ôl cyfres o nosweithiau hwyr yn cydweithio ar ddrama'r ysgol. Camgymeriad o berthynas o'r dechrau, o edrych yn ôl, ac un a ddatblygodd yn syrffed arni yn fuan iawn, ond pan roes hi derfyn arni troes pethau'n chwerw. Roedd y dyn mewn safle o awdurdod arni yn yr ysgol, yn ddirprwy-brifathro, a dechreuasai ddefnyddio'i safle i fod yn ffiaidd wrthi. Bu'n chwarae â'r syniad o symud ers tro ac roedd y newid amgylchiadau gartref yn gyfle i ddatrys y broblem.

Fel y digwyddodd, daeth swydd yn weddol fuan yn ei hen ysgol yn Llanadda, dim ond rhyw wyth milltir i ffwrdd. Byddai ei thad wedi hoffi iddi aros gartref gydag o yn gyfan gwbl gan fod y modd ganddo i'w chadw, ond teimlai hi fod yn rhaid iddi fyw ei bywyd ei hun gymaint â phosib. Byddai hithau wedi hoffi aros gartref mewn ffordd; bod wrthi'n sgrifennu tra byddai Mrs Roberts yn mynd o gwmpas ei phethau, ond gwyddai na feddyliai ei thad fod sgrifennu yn waith amser-llawn nac ychwaith yn addas i ferch fod yn ymhél ag o am oriau bwygilydd. Cymerasai'r un agwedd tuag at ei wraig flynyddoedd ynghynt ond roedd ei mam wedi bodloni i'r drefn, ac wedi byw bywyd eithaf hapus. Sylweddolai Margo ei bod hithau yn bodloni i'r drefn, yn gwneud ei gwaith ysgol ac yn treulio'i hamser hamdden yn cadw cwmni i'w thad, ond ar y cyfan ystyriai ei bod wedi gwneud y peth iawn.

Hyfrydwch iddi'n awr oedd bod Math mor gefnogol. Math! Roedd bob amser wedi cysylltu'r enw â hud a lledrith a gweddai'i enw iddo i'r dim. Bu'n haf hudolus. Pythefnos o fis mêl gohiriedig mewn *gîte* yn Ffrainc i ddechrau, gynted i'r ysgol gau—hen ffermdy ar gyrion treflan yn Lot-et-Garonne. Ac oherwydd hapusrwydd y dyddiau hynny, mae'n debyg, y prynasant Dŷ Tŵr yn fuan ar ôl dychwelyd. Syrthio mewn cariad â'i loriau cerrig a'i risiau moel yn troelli'n osgeiddig at dop y tŷ am eu bod yn eu hatgoffa o'r ffermdy yn Ffrainc.

Yn y cae nesaf at y ffermdy hwnnw roedd 'na wartheg yn pori. Deuai Ffrances fain, ganol-oed â nhw yno bob dydd a sefyll am oriau bwygilydd yn eu gwarchod neu efallai mai sicrhau eu bod nhw'n pori'n drefnus yr oedd hi mewn gwahanol rannau o'r borfa yn eu tro. Arhosai fel delw yn y cae yn ei chot gaberdîn dywyll a'i het ddu wedi'i thynnu i lawr am ei phen. Pitïai Margo drosti ar y dechrau oherwydd y job ddiflas oedd ganddi—y ffarmwr efallai yn cymryd mantais o hen ferch y teulu—ond cyn diwedd eu hamser yno daeth i uniaethu'n rhyfedd â hi yn ei llonyddwch perffaith. Nid arhosai hi a Math yn eu hunfan, yn hytrach crwydrent hwnt ac yma dros y wlad eang o'u cwmpas, ond fe deimlai Margo lonyddwch mewnol tangnefeddus yn ei hapusrwydd.

Weithiau âi Math â chadair ac îsl i'r ardd gefn er mwyn peintio llun o'r olygfa wledig. Er mai hanes celf oedd ei briod faes hoffai ymlacio weithiau gyda brws a phaent. Gobeithiai Margo y byddai'r ddynes yn y cae yn rhan o'r llun ond châi hi ddim gwybod; dywedai Math wrthi am gadw draw er mwyn iddi gael syrpreis.

Roedd yn haf chwilboeth ond oerai'n sydyn gyda'r nos a chyneuent dân coed yn rheolaidd ar yr aelwyd fawr. Aent i nôl y coed o'r ffarm i lawr y lôn lle y gwerthid melonau hefyd ac un o bleserau'r cyfnod oedd codi o'u gwely mawr yn y bore a chlywed y gymysgedd o arogl y *cantaloups* a lludw'r tân coed yn pereiddio'r tŷ.

Roedd i'r hydref ei ramant yntau, synfyfyriai Margo yn y llyfrgell, wrth edrych ar yr heulwen gwyn yn deffro'r rhesi unffurf o gylchgronau wedi'u rhwymo ar y silffoedd o'i hamgylch nes bod eu teitlau aur yn pefrio fel newydd ar y meingefnau treuliedig. Teimlai'n iach, yn llawn egni, ac edrychai ymlaen at fynd o dan groen George Aaron. Dyma'r trydydd diwrnod iddi fod yma ac roedd yn dechrau cael ei thraed odani. Eisoes roedd yn mwynhau'r cynefindra o daro'i bag ar gadair yn yr un bae o hyd tra lloffai am ddefnyddiau hwnt ac yma, gan ddod yn ymwybodol o un neu ddau o'r un wynebau yn y rhan honno o'r llyfrgell. Heddiw roedd wedi casglu pentwr o gyfrolau a berthynai i ddiwedd y ganrif ddiwethaf, yn cynnwys traethodau eisteddfodol George a'r beirniadaethau arnyn nhw, a'u gosod o'i chwmpas ar y bwrdd, er mwyn mynd ati o ddifri i ddarllen a gwneud nodiadau.

Estynnodd gyfrol a'i hagor. Roedd am ddechrau drwy fynd yn syth at y testunau. Dyna'r duedd fodern o drin llenyddiaeth, neu un ohonyn nhw, o leiaf: anwybyddu'r awdur, anghofio am y manylion bywgraffyddol, a mynd yn syth at ei waith; peidio â gadael i'r hyn sy'n wybyddus am lenor ddod rhyngom a'i gynnyrch. Ond doedd hi ddim am i hynny ei rhwystro rhag procio cof Bodo Bec am hanes George Aaron cyn iddi fynd yn rhy hwyr. Gwyddai mai porter oedd o yn stesion Llawr-cwm, ganrif a mwy yn ôl, oherwydd o'r ardal honno yr hanai teulu ei mam. Dyna'r cysylltiad rhyngddi hi ac o. Wyddai hi fawr mwy, ond fe wnâi cymaint â hynny'r tro am rŵan.

Roedd o'n amlwg yn giamstar ar y traethawd eisteddfodol ac yn enillydd flwyddyn ar ôl blwyddyn yn ystod dau ddegawd olaf y ganrif, traethodau maith ar destunau ysgolheigaidd a oedd wedyn yn cael eu cyhoeddi'n gyfrolau trwchus neu'n ymddangos yn gyfres fisol mewn cylchgronau parchus. Tipyn o gamp i borter a oedd, yn ôl pob tebyg, heb dderbyn fawr o addysg. At hynny, gweithiai arnyn nhw ar ôl gwres y dydd. Ond, wedi meddwl, oedd yna'r fath beth â gwres y dydd yn stesion fach Llawr-cwm? Doedd dim posib ei bod hi fel ffair yno, yn y gaeaf, beth bynnag. Tybed oedd o wedi aros yn Llawr-cwm am yr holl flynyddoedd am yr union reswm hwnnw, sef nad oedd y lle yn gofyn gormod ganddo? Tybed, yn wir, oedd o wedi medru cyfansoddi ambell ysgrif yn dwt rhwng dau drên?

Setlodd Margo i lawr i ddechrau darllen.

'Faint o'r gloch ydi hi?'

Roedd y stiwdent fain wedi croesi'r rhodfa ganolog at fwrdd Margo ac yn plygu dros y dyn ifanc gyferbyn.

'What?'

Sylwodd Margo ar gorun y ferch a'r gwallt wedi ei gneifio o'i amgylch nes dangos pob bryn a phant arno. Roedd y sibrwd wedi ei thynnu'n sydyn yn ôl i'r ganrif hon.

'Can you tell me the time, please?'

'Quarter to one,' meddai'r llanc a phlygu dros ei waith unwaith eto.

Sylweddolodd Margo ei bod yn bryd iddi hithau hel ei phac. Agwedd arall ar ei bywyd newydd oedd ei bod wedi dechrau cyfarfod criw o ferched yn nhafarn y Felin am damaid o ginio ar ddydd Mercher, merched canol-oed fel hithau, ambell un, fel Selin, wedi bod yn yr ysgol yr un pryd â hi. Cododd i roi'r cyfrolau swmpus yn ôl yn eu lle. Waeth heb â'u gadael ar y bwrdd achos fyddai hi ddim yn dod yn ei hôl yn y pnawn. Ar ôl cinio roedd am fynd i weld Bodo Bec gan fod y Felin yn weddol agos i Blas Tirion.

Rhoes ei throed ar y sbardun wrth iddi ddod yn rhydd o dagfa'r dref. Cyn bo hir byddai'n dringo i fyny'r cwm troellog, coediog oedd yn arwain at y gwaundir a'r bronnydd wrth droed mynyddoedd Eryri. Roedd y ffordd yn dda a byddai yn y Felin mewn llai na chwarter awr. Tafarn weddol newydd oedd hi, hongliad o le digymeriad oedd yn llawer rhy fawr i'w gefndir gwledig ond, er hynny, mae'n rhaid fod galw am le felly achos roedd amryw yno bob amser, hyd yn oed ganol dydd fel hyn. Beth bynnag, roedd yn gyfleus i'r criw, gan fod y mwyafrif ohonyn nhw'n byw allan o'r dref a doedd dim problem parcio yno chwaith. Trefniant digon llac oedd rhyngddyn nhw, rhyw droi i fyny pan fedrech chi fel petai, a chan fod yn agos i ddwsin yn y cylch i gyd roedd rhywrai'n siŵr o fod yno bob amser. Cofiodd yn awr y byddai Bela yno yn bendant heddiw achos roedd hi wedi dweud yr wythnos cynt fod Gwerful yn dod i aros efo hi o berfeddion Lloegr yn rhywle a'i bod am ddod â hi yno i gyfarfod â rhai o'i hen ffrindiau. Doedd Margo ddim wedi gweld fawr o Gwerful ers dyddiau ysgol nac wedi meddwl amdani chwaith, ran hynny. Rhyw hen hulpan wirion oedd hi, os cofiai'n iawn. Edrychodd ar y cedrwydd tal yn canghennu'n adeiniog o boptu'r ceunant, gan wenu wrth feddwl am yr athrawes newydd honno yn mynd o gwmpas y dosbarth i ofyn eu henwau.

'What a beautiful name,' meddai wrth Gwerful. 'What does it mean?'

Cofiodd Margo fel yr aeth i banic rhag ofn iddi ofyn yr un peth iddi hithau. Roedd wedi rhythu ar ei henw'i hun ar ei llyfr copi. Doedd hi erioed wedi meddwl bod gan enwau ystyr. Ar wahân, efallai, i rai amlwg fel 'Gwyn' neu 'Gwawr'.

'Wax donkey,' meddai llais Gwerful.

Allai hi ddim coelio'i chlustiau. Beth a feddyliai'r ddynes ddiarth ohonon ni fel cenedl yn rhoi enwau mor wirion ar blant? Troesai i edrych ar Gwerful. Na, doedd hi ddim yn herian. Yn wir, edrychai'n hunanfodlon, yn asynnaidd o hunanfodlon!

'I see,' meddai'r athrawes.

'Honestly, fedrwn i ddim credu'r peth pan sgwennodd Bela ata i i ddeud,' meddai Gwerful. 'Be 'di'r gyfrinach? *Hormone Replacement Therapy* neu rywbath?'

'Go brin, dwi'n meddwl,' meddai Selin yn hamddenol wrth helpu'r gweinydd i osod y bwrdd.

'I Selin mae'r clod,' meddai Cadi. 'Mewn parti yn ei thŷ hi y digwyddodd y peth, ti'n gwbod.'

'A phriodi mewn deg diwrnod?'

'*Coup de foudre!*' meddai Selin yn wên o glust i glust. 'Mi dderbynia i'r clod yn llawen achos welis i rioed ddau hapusach—ar wahân i Celt a finna, wrth gwrs. Wedi ffeindio serch eu bywyd.'

'Yn hanner cant oed? Mam bach,' meddai Gwerful, 'ôn i'n meddwl ein bod ni i gyd wedi mynd tu hwnt i gyfarfod rhywun *gorgeous—across a crowded room,* fel petai. Ella fod 'na obaith i minna.'

'Gwna di'n fawr o dy ryddid, Gwerful bach,' meddai Cadi, oedd wedi gwahanu oddi wrth ei gŵr. 'Wyt ti'n rhydd i fod yn chdi dy hun.'

'Ond be fedra i mo'i ddallt eto, yndê Selin,' meddai Bela, 'iawn, dwi'n sobor o hoff o Margo a phob peth ond sut bachodd hi'r pishyn, Math Pierce, 'na? Ddeudist ti ddim rywbryd ei fod o'n dipyn o ffrindia efo—'

'Ydi hi'n dal i wisgo'r hen gardigans dowdi 'na,' torrodd Gwerful ar draws, 'fath â'r ail Mrs de Winter? Mae hi *yn* ail Mrs Pierce, yn dydi hi?'

Roedd Selin yn codi'i llaw i dynnu sylw Margo a safai wrth y drws.

Rhedodd Margo i fyny'r stepiau bas at ddrws mawr gwydr Plas Tirion a chanu'r gloch. Roedd wedi mwynhau'r amser cinio ar ôl y munudau cyntaf. Roedd hi'n ddigon hawdd dweud oddi wrth wyneb y wacs donci ei bod newydd fod yn siarad amdani, ond ta waeth. Y peth braf oedd nad oedd hi'n poeni am bethau felly rŵan.

Canodd y gloch eto. Gwelai'r un rhai ag arfer yn eistedd yn eu cadeiriau olwyn yn y cyntedd eang. Roedden nhw wedi clywed y gloch ac yn edrych o'u hamgylch yn anesmwyth am y nyrs i ddod i agor y drws.

'Yn y llyfrgell mae hi,' meddai'r nyrs wrth ddal y drws iddi, 'yn cael hwyl yn gwatsiad y wiwer yn rhedeg i fyny ac i lawr y goedan.'

Wrth gerdded i lawr y coridor hir teimlai ryddhad fod ganddi destun sgwrs heddiw. Roedd am geisio pwmpio Bec am George Aaron. Roedd yn edifar ganddi erbyn hyn na fyddai wedi holi mwy ar ei mam ond wrth gwrs doedd hi ddim wedi meddwl sgrifennu amdano yn y dyddiau hynny. Nid bod yr un o'r chwiorydd yn ei gofio yn y cnawd—bu farw George cyn eu geni—ond roedden nhw wedi clywed digon amdano fo gan eu tad a'u mam. Ni chofiai Margo ei nain ond bu'n aros droeon efo'i thaid a Bodo Mac, a Bodo Bec pan fyddai hi yno. Ei mam yn ei danfon i Lawr-cwm ac yn ei gadael yno i gael ei difetha ganddyn nhw am weddill yr wythnos cyn dod i'w nôl drachefn. Ar ôl i'w thad farw, pan oedd y ddau wedi mynd, ei mam ac yntau, aeth i ddechrau meddwl mwy am ei phlentyndod ac, yn sgil hynny, am Lawr-cwm, a George Aaron.

O edrych yn ôl mae'n debyg mai ei thaid oedd wedi cynnau ei diddordeb ynddo fo achos bob tro yr âi yno byddai ei enw yn siŵr o gael ei grybwyll am ryw reswm neu'i gilydd. Safai tŷ ei thaid ar ochr y mynydd a gellid gweld y stesion oddi yno yn is i lawr yn y pant. Byddent ill dau wrth eu bodd yn mynd allan i'r ardd i weld a oedd yna

23

drên yn dod at ben y lein i Lawr-cwm o gyfeiriad y gyffordd yn is i lawr y dyffryn, digwyddiad prin a beidiodd yn gyfan gwbl ymhen amser ond a barhâi'n frith gof ganddi. Fe ddywedai ei thaid wrthi mai yn y stesion fach yna y gweithiai George Aaron erstalwm. Unwaith aeth gyda'i thaid i hen fynwent yr eglwys i roi blodau ar fedd y teulu, wyddai hi ddim bedd pwy yn union, ac yntau, wrth iddyn nhw fynd i daflu'r hen rai gwywedig ar y domen wrth y wal, yn dangos bedd George Aaron iddi a hithau'n pitïo'i fod o mor agos at y blodau wedi marw. Ac edrychai mor unig hefyd er na wyddai hi'n iawn pam; rhywbeth i wneud â'r ffaith fod digon o le gwag ar ôl ar y garreg, efallai, a phob beddfaen o'i amgylch yn llawn dop o sgrifen ac enwau perthnasau. Dro arall, ryw gyda'r nos wrth y tân—byddai tân yn y grât bob amser—dangosodd ei thaid lyfr mawr iddi, cyfrol o waith George Aaron oedd yn ei meddiant hi'n awr yn Nhŷ Twr. 'Roedd o'n sgolor go fawr, ysti,' meddai. O ganlyniad tyfodd George i fod yn rhyw fath o ffigwr chwedlonol yn ei dychymyg, yn rhan o ryfeddod y gwyliau rywsut, ynghyd â mynd i gosi brithyll yn yr afon a saethu cwningod yn yr hen goedwal a chlocsio o gwmpas y llofft yn sgidiau sodlau uchel Bodo Bec.

Hyd yn oed wrth iddi dyfu'n hŷn roedd y ffordd yr edrychai ei modrabedd ar ei gilydd pan godai ei enw yn y sgwrs yn cadarnhau'r ddelwedd oedd ganddi hi ohono fo yn ei meddwl. Âi eu llygaid yn fawr fel soseri, mewn rhyw fath o barchedig ofn, tybiai hi, nes iddi ddod i feddwl amdano fel eicon y teulu. Ble bynnag yr oedden nhw, allan dan y coed yn yr ardd neu yn y gegin, roedd rhywbeth yn yr awyr pan grybwyllid ei enw ac roedd wedi synhwyro hynny yn gynnar iawn.

Gobeithiai y medrai Bec gofio rhywbeth bach difyr amdano fo rŵan, unrhywbeth, waeth pa mor fach, ond anwadal oedd ei chof y dyddiau hyn. Weithiau roedd yn bosib cael sgwrs go ddel efo hi; dro arall roedd llenni'r meddwl wedi'u cau a doedd dim modd cyrraedd unman ar wahân i ryw ymholiadau bach cwrtais, dibwys. Ar adegau felly âi'r ymweliad yn fwrn a hiraethai Margo am glywed y gloch swper cynnar yn canu er mwyn iddi gael ffoi am adref ac at Math. Efo fo roedd siarad a distawrwydd fel ei gilydd yn rhan o gyfaredd yr agosrwydd oedd rhyngddyn nhw.

Estyniad bychan yn troi i'r dde oddi ar y coridor oedd 'y llyfrgell', ac ynddi lond dwy silff o lyfrau print bras i gyfiawnhau'r enw. Yma yr eisteddai Bodo Bec bob pnawn o flaen drws gwydr y ddihangfa dân yn edrych draw dros y lawnt ar y byd yn gwibio heibio ar y ffordd fawr. Nesaf at y coridor yr oedd Beatrice, yn ei chadair arferol ac yn syllu'n chwyrn o'i blaen fel y gwnâi pan na fyddai fawr o ddim i ysgogi'i meddwl, ond weithiau fe barai i'r lleill siglo chwerthin efo rhibidires o limrigau digon *risqué*. Wrth fwrdd bychan yn y gornel bellaf eisteddai Ada, yn chwarae gêm o *Scrabble* yn ei herbyn ei hun. Wyddai Margo ddim mwy na'u henwau bedydd oherwydd wrth y rheini y cyfeirid atyn nhw bob amser ac amheuai a wyddai Bec gymaint â hynny hyd yn oed. 'Chlywsai moni'n eu galw'n ddim byd ond 'dear'. Saeson oedden nhw ill dwy, er nad oedd hynny fel y cyfryw yn mennu dim arni—bu'n nyrs ardal yn Birmingham am ddeugain mlynedd ac yn byw yno wedyn ar ôl ymddeol—ond, ar wahân i Math, doedd ganddi fawr o ddiddordeb yn awr mewn pobl newydd, mewn rhai nad oeddynt yn perthyn i'w gorffennol.

'Helô, Bodo Bec.'

'Margo fach, dyma syrpreis neis, cariad. Stynna'r gader ene i mi gael dy weld ti'n iawn. Dene ni. Gymeri di baned?'

Byddai'r naill neu'r llall o'r cwmni bach yn siŵr o ofyn hyn iddi pan alwai ar adeg te ganol-pnawn. Er na allai'r un ohonyn nhw bicio draw i'r gegin i nôl un iddi, nid anghofiwyd arferiad oes o fod yn groesawus.

'Dim diolch.'

'Pa newydd sy gen ti i mi?'

'Dwi 'di dechra ymchwilio i fywyd a gwaith George Aaron, Bodo Bec. Dyna lle fûm i heddiw, yn llyfrgell y Coleg yn darllan tipyn o'i waith o.'

'Oes 'ne ddim digon o waith i ti o gwmpas y tŷ mawr 'ne sy gynnoch chi?'

'Mae gin i rywun yn dŵad i mewn i lanhau. A mae Math yn awyddus iawn i mi fynd ymlaen efo 'niddordeba.'

'O, felly.'

Cymerodd Bec lwnc o de a rhoi'r gwpan yn ôl yn gam ar y soser ar ei glin.

'Oedd o'n byw yn Llawr-cwm, on'd oedd o?'

'Pwy?'

'George Aaron.'

'O, oedd, cyn 'y nyddie i, yntê? Lle gest ti'r biwglis del 'ne sy gen ti am dy wddw?'

'Math brynodd nhw i mi, yn Ffrainc. Lapis lazuli.'

26

'Chwaeth yr artist, ti'n gweld.' Roedd hi wedi cymryd at Math o'r dechrau. 'Eisie i ti wisgo mwy o liw sydd.'

'Oedd Taid yn ei nabod o'n iawn?'

'Yn nabod pwy, cariad?'

'George Aaron.'

'O, oedd, oedd Dad bach yn ei nabod o. "Y cludydd llengar" fydde fo'n ei alw fo.'

Clywai Margo sŵn y nyrs yn gwthio'r troli ar hyd y coridor i hel y llestri.

''Dach chi ddim am orffan eich panad?'

'Nagdw i, wir. Rhyw hen slecod o de oedd o.'

Gwenodd Margo. Er treulio'r holl flynyddoedd yn Lloegr roedd Cymraeg ei magwraeth yn dal ganddi o hyd a'r unig adegau y defnyddiai Saesneg ynghanol ei Chymraeg oedd pan soniai am rannau o'r corff a'u swyddogaeth. Bryd hynny teimlai reidrwydd i fod yn glinigol a mynnai blynyddoedd o hyfforddiant ysbyty ddod i'r wyneb.

'Gymera i'ch cwpan chi, Rebecca,' meddai'r nyrs, bachgen rhadlon braf.

'Nid gwaith dynion ydi nyrsio,' meddai Bec yn uchel wrth Margo. 'Does gynnon nhw ddim yr un gafael,' a dangosodd â'i breichiau sut oedd gwneud.

'Oeddach chi'n nabod ei wraig o, 'ta? Mrs Aaron? Fuo hi fyw ar ei ôl o, on'd do?'

Gadawodd Bec i saib hir fynd heibio.

'Fedren ni rioed gymyd ati hi pan oedden ni'n blant.'

Dechreuodd ymbalfalu am ei ffon i gymryd ei phwysau wrth iddi godi o'r gadair.

'My dear, I must go to empty my bladder.'

Teimlai Margo yn fflat braidd ar y ffordd yn ôl, ond doedd yna ddim brys i gael gwybodaeth ran hynny. Gwell lwc y tro nesaf efallai, meddai wrthi'i hun, a dechreuodd edrych ymlaen at gael cyrraedd adref. Byddai Math yno yn aros amdani; arferai gymryd hoe fach ar bnawn Mercher, mynd adre'n gynnar a stwnsian yn y stiwdio—'amser ansawdd', chwedl yntau. Gyrrodd yn gyflym, heibio i'r Felin unwaith eto ac yn ei blaen am sbel ar hyd y gwaundir nes cyrraedd y troad i'r dde wrth y clwstwr o fythynnod ac i fyny'r allt. Toc, gan fod y gwrychoedd yn is, deuai Tŷ Tŵr i'r golwg ar ochr y bryn. Er ei fod yn hen dŷ ffarm digon helaeth i'r ddau ohonyn nhw doedd o ddim mor fawr ag y tybiai Bec, ond bod y tŵr ar yr ochr ddwyreiniol yn gwneud iddo edrych yn fwy nag yr oedd, yn ogystal â gwneud cynllun mewnol y tŷ yn fwy diddorol. Bu Math a hithau wrthi'n ddygn yn rhoi tipyn o drefn arno fo—cael gwneud stiwdio yn nhop y tŵr i Math a gosod ffenest fawr yno, yn gweddu i'r tŷ, ac yn wynebu'r gogledd er mwyn iddo gael arlunio yno hefyd pan ddeuai'r awen. Dewisodd hi stafell fechan i lawr grisiau iddi'i hun fel stydi, un oedd yn edrych tua'r gorllewin dros y berllan, yn ddigon pell oddi wrth weithdy Math rhag iddi fynd i ddigalonni wrth glywed ei brosesydd geiriau o'n mynd ar garlam pan fyddai hithau'n cael dim hwyl arni, ond ni ragwelai y byddai'n defnyddio'r lle ryw lawer i ddechrau, beth bynnag, tra byddai'n gwneud y gwaith ymchwil.

Doedden nhw ddim wedi gwneud fawr o ddim arall i'r tŷ ar wahân i beintio'r waliau yn wyn oddi mewn. Bu'n ddigon o waith clirio cartref Margo a fflat Math a phenderfynu beth i'w gadw o'r celfi. Fesul tipyn, fel y deuai cyfle, caent hwyl yn mynd i siopa hwnt ac yma i brynu pethau efo'i gilydd wrth eu pwysau. Yn y cyfamser roedd Margo wrth ei bodd efo'r tŷ fel yr oedd, ond pan ddaethon nhw â Bec yno i'w weld roedd yn amlwg ei bod yn gwaredu eu bod nhw wedi gadael y lloriau cerrig yn foel rhwng y matiau. Iddi hi roedd moelni yn gysylltiedig â thlodi bore oes.

'A heb gael amser i roi carped ar y grisie chwaith ydech chi, debyg?'

Yr unig le fyddai wedi cael sêl bendith ganddi fyddai'r stafell molchi foethus, ond ni allent fynd â hi i weld honno gan y byddai'r grisiau yn ormod iddi. Y cyn-berchennog oedd wedi ei rhoi i mewn ac roedd yn llawer crandiach nag y bydden nhw wedi meiddio dewis eu hunain. Perthynai yn fwy i'r *canapé circuit* nag i academia ond gan ei bod yno roedden nhw wrth eu boddau. Gallent ei mwynhau heb deimlo'r euogrwydd o fod wedi rhoi bod iddi.

Cafodd Margo gip sydyn o'r tŷ rŵan rhwng y coed ac wedi mynd heibio i'r rheini fe'i gwelodd yn ei gyfanrwydd a Math yn sefyll yn ffenest fawr y stiwdio. Diflannodd yn sydyn a gwyddai hithau ei fod wedi rhedeg i lawr y grisiau-tro i agor y drws iddi. Gyrrodd hithau'n chwyrn ar hyd y lôn ac i fyny'r dreif er mwyn ceisio'i rasio, ond safai Math ar y rhiniog yn pwyso'n hamddenol yn erbyn ffrâm y drws fel petai o wedi bod yn aros amdani ers cantoedd.

'Diwrnod da gyda'r ysgrifell?' gofynnodd. Daethai hynny'n jôc bach newydd rhyngddynt.

'O, go lew o ddiwrnod ond mae'n gwella bob eiliad!'

Pennod 3

Y mae yn eglur fod yr awdur yn dra galluog a dysgedig, yn wr o ymchwil manwl a dyfal ac yn ymresymwr cadarn, yn seilio ei ddaliadau ar hen ffeithiau diymwad a thynu ei gasgliadau drwy rym ei synwyr cyffredin ei hun.

Eisteddai George Aaron ar gadair fahogani o dan gromen fawreddog y Ddarllenfa Gron yn yr Amgueddfa Brydeinig. Dyma ei wynfyd a dyma ei wyliau, cwta bythefnos yn rhydd o ddiflastod ei waith beunyddiol ym mhen draw'r ffordd haearn yn Llawr-cwm, dihangfa i fyd ysgolheictod a braint a'r math o gyfleusterau na allai lai na theimlo oedd ei haeddiant. Anelai at yr un ddesg bob bore, un o'r byrddau hir ymysg y rhengoedd o fyrddau a belydrai o'r canol lle'r oedd cylch dwbl y silffoedd o gatalogau swmpus yn gwarchod y Goruchwyliwr yn ei gaer. Efe, yn ei het silc, oedd canolbwynt y cyfan, troellwr y carwsel, fel petai, ac wedi ei ddyrchafu gryn droedfedd a hanner goruwch y dyrfa ddiwyd o'i gwmpas.

Y flwyddyn 1898 oedd hi a bu George yma droeon bellach fel ymchwilydd hanes a chwilotwr llawysgrifau. Ar hyn o bryd llafuriai ar rywbeth a dybiai oedd am fod yn waith mawr ei fywyd, sef llyfryddiaeth ei ganrif ei hun. Eisoes bu'n tramwyo Cymru ar drywydd teitlau llyfrau ond bellach yr oedd yn rhaid chwilio'r llyfrgelloedd mawr, yn Llundain a Rhydychen a Chaerdydd. Gresynai ei fod yn byw mor bell oddi wrthynt, mewn lle anghysbell. Mor gyfforddus oedd astudio yma, rhagor nag wrth olau'r lamp yn y gegin gyfyng gartref. Preifatrwydd a llonyddwch, gorchudd arbennig ar y llawr i fygu sŵn traed a chanolfur solet rhyngddo ef a'r person gyferbyn; hwylustod y golau trydan uwchben pob myfyriwr, y silff ar oledd ar y chwith iddo i ddal y llyfr ar agor yn gyfleus a'r silff arall ar y dde i ddal y pentwr o gyfrolau a arhosai am ei sylw. Dim angen gwthio'r llyfrau o'r ffordd â'i benelin fel y gwnâi gartref, ond yn hytrach digonedd o le i ysgrifennu wrth y ddesg gan bwyso'n braf ar y lledr du moethus a'i badin esmwyth.

Cyn mynd ati syllodd o'i gwmpas ar y pennau academaidd hwnt ac yma yn craffu uwchben eu trysor neu'n chwilio'r silffoedd, pob un yn lloffa yn ei faes annwyl ei hun. Mor amheuthun oedd bod ynghanol pobl o'r un teithi meddwl a'r un diddan-wch, profiad dieithr iddo a rhywbeth y dyheasai amdano o'i blentyndod. Baldwyn y siop oedd y mwyaf diwylliedig yn Llawr-cwm, debyg, ac eithrio'r gweinidog a'r ysgolfeistr, ond rywsut ni theimlai'n gartrefol ymhlith y cwmni dethol a ddeuai i bwyso penelin weithiau ar gownter glân y gornel frethynnau. Ar ôl un drafodaeth, ac yntau wedi cymryd safbwynt anuniongred, cofiai fel y daeth y gweinidog i'r tŷ drannoeth ac *Athroniaeth Trefn Iachawdwriaeth* iddo dan ei gesail. Un o'r tu allan i gylchoedd diwyll-iadol ac ysbrydol y pentref ydoedd. Ni wyddai beth oedd perthyn. Nid oedd ei fam ei hun erioed wedi malio amdano nac am ei ddatblygiad addysgol, ac yn ystod y blynyddoedd caled hynny ar ôl priodi, pan ymlafniai i geisio gwella'i hun, roedd ei wraig Agnes wedi dangos nad oedd ganddi hithau ddim i'w ddweud wrth fyd llyfrau.

Dyna pam yr oedd mor falch iddo ddod ar draws y ferch ieuanc o'r Wladfa wrth y ddesg ganolog dro'n ôl. Hi ddechreuodd siarad ag ef ar ôl clywed ei acen Gymreig wrth iddo holi am lyfr. Gweithiai hi wrth un o'r ddau fwrdd a neilltuwyd i ferched ond cyfarfuasent unwaith neu ddwy am sgwrs. Yr oedd hi'n falch o gael cyfarwyddyd ganddo a help i godi cyfrolau trymion y catalogau; ymfalchïai yntau ei fod mor gynefin â'r llyfrgell â'r un gŵr llên. Hwb i'r galon oedd cael ymddiddan am lenydda, am Batagonia a'i dyddiau ysgol yn Nolgellau. Meddai ar chwilfrydedd deallus; fe'i holai'n fywiog am ei waith ac yr oedd yn ddigon eglur y deuai'n llenor o bwys ei hun. Ymadawsai â Llundain bellach ond rhoesai'r cyfarfyddiad gipolwg chwerw-felys iddo ar y llawenydd a allai ddeillio o gwmni cytûn.

Cododd ei olygon at uchelder y gromen o las yr awyr, ei phanelau a'i ffenestri wedi'u gwahanu gan yr asennau cynhaliol o haearn bwrw wedi'i oreuro. Ymdebygai'r cyfan i gawell aderyn, cawell aur anferth ei faint, a gwelodd ei hun am funud fel aderyn mewn cawell, yn gaeth i'w fagwraeth a'i gefndir a'i swydd ddi-enaid. Ac yntau bron yn hanner cant! Ond efallai fod gwaredigaeth ar y gorwel. Lwcus iddo daro ar Mr O. M. Edwards ar y trên.

Fe'i gwelsai gryn ugain munud cyn iddo fagu plwc i fynd ato i siarad. Wedi'r cyfan, yr oedd yn *Oxford man* ac wrthi mor brysur gyda'r pentwr o bapurau ar ei lin. Cyfarfu George ag ef ar faes yr Eisteddfod Genedlaethol droeon a chael beirniadaeth dda ganddo fwy nag unwaith am ei draethodau eisteddfodol arobryn. Ymhelaethiad o un o'r rheini oedd ei orchwyl fawr ar hyn o bryd. Ei gystadlu llwyddiannus a roesai hyder iddo ac a fu'n gyfrifol am ei dwf llenyddol. O ganlyniad i hynny cyhoeddwyd erthyglau o'i waith mewn cylchgronau, gan gynnwys *Cymru* a olygid gan O. M. Edwards ei hun. Wrth sylwi arno ar y trên a phetruso cyn ei gyfarch rhaid cyfaddef iddo groesi ei feddwl mai dim ond y dduwies oriog Ffawd oedd yn gyfrifol am y gagendor oedd rhyngddynt. Petai ond wedi cael cyfle ym more oes. Y gred hon yn ei allu cynhenid a'i danfonodd ymlaen.

'Mr Edwards, maddeuwch i mi—George Aaron.'

Gwelodd Owen Edwards y llaw fain a'r bysedd hir yn ymestyn o'i flaen.

'George Aaron, Llawr-cwm, y cludydd llengar? Mae'n dda gen i'ch gweld chi. 'Rhoswch funud i mi gael rhoi'r papurau yma o'r neilltu. Mae rhyw broflenni neu'i gilydd gen i'n wastadol ac mae gofyn gwneud yn fawr o'r teithio mynych ar y trên. Dyna ni. Mi fedra i ysgwyd llaw yn iawn efo chi rŵan. Fachgen, fachgen, pa hwyl sydd? 'Steddwch. I Rydychen neu i Lundain yr ewch chi?'

'Prin bythefnos yn yr Amgueddfa Brydeinig. Fedr y cwmni rheilffordd ddim gwneud hebdda i am fwy na hynny, ysywaeth.'

'Oes dim posib i chi gael hyd i orsaf sy'n nes at lyfrgell?'

Daeth cysgod siom dros yr wyneb hirgul gyferbyn.

'Neu'n well fyth,' ychwanegodd, 'gael eich

rhyddhau yn gyfan gwbl? Mae ar ysgolheictod Cymru eich angen chi yn fwy nag unrhyw gwmni rheilffordd. Does dim llawer o Gymru â'r amynedd di-ben-draw i wneud gwaith sydd, gadewch i ni gyfaddef, braidd yn ddiddiolch, gosod sylfeini o'r golwg i rai eraill godi adeiladau gwych arnyn nhw.'

Gwingodd George.

'Yn anffodus ches i mo 'ngeni'n ŵr cyfoethog.'

'Mae'n anodd gen i gredu hynny, Mr Aaron,' meddai Owen Edwards gan wneud ati i edrych yn ddifrifol iawn, 'a chithau wedi ennill mor amal yn yr Eisteddfod Genedlaethol.'

Ni wyddai George a ddylai wenu neu beidio. Gwariai fwy nag arian y wobr ar gasglu'r defnydd-iau bob tro.

'Na, o ddifri, Mr Aaron, mae gen i gynnig i'w wneud. Mae 'na'r fath beth â phensiwn y Rhestr Wladol ar gyfer pobol fel chi. Ydech chi wedi ystyried hynny? Wedyn fe allech chi roi'r gorau i'ch swydd. A dyna i chi'r Gronfa Elusen Frenhinol hefyd. Mi gaf i air â'r Prifathro Rhys yn Rhydychen am y mater ac ewch chitha i gael gair â rhai o'r prif ddynion yn yr Amgueddfa yn Llundain. Rydech chi'n ddigon adnabyddus a chymeradwy yno bellach.'

Ymhen rhai dyddiau cerddai George Aaron ar hyd y platfform yn Llawr-cwm yn cludo bagiau. Y cludydd llengar! Casâi'r enw ond deuai terfyn ar ei addasrwydd gyda hyn, neu ar ran ohono beth bynnag. Agorodd ddrws y cerbyd *Ladies only* a dodi'r paciau ar y rhesel. Troes i helpu'r ferch i fyny ac aros iddi eistedd cyn neidio allan a chau'r drws.

'Dwi'n falch o weld eich bod chi'n ôl.'

Yr oedd y ffenestr wedi'i hagor a dau lygad glas yn gwenu arno.

''Dech chi ddim wedi bod o wasanaeth imi ers dros bythefnos.' Cychwynnodd y trên yn araf. 'Roedd hi'n chwith ar eich hôl chi.'

Dacie, meddai Agnes Aaron wrthi'i hun, mae'n edrych yn debyg y bydd yn rhaid i mi bicio draw i'r siop i brynu chwaneg o edau las.

Yr oedd ar ganol gwneud blows iddi'i hun o hen siôl sidan. Dau funud fyddai hi'n mynd i siop Baldwyn a Betsi gan ei bod y drws nesaf iddi ond bod gardd Baldwyn rhyngddynt.

Yr oedd yn ddiwrnod y teiliwr yn y siop a bu mynd a dod yn y stryd drwy'r dydd. Weithiau hiraethai hithau am gael dewis defnydd unwaith eto a chael ei ffitio am ddilledyn newydd gan Asarïah Lloyd a chael tamaid o fwyd gyda'r cwsmeriaid eraill—ond cyfleustra i'r rhai a ddeuai o bellafoedd cymoedd eraill oedd hynny, mewn gwirionedd. Aethai blynyddoedd heibio er i ddwylo sensitif Asarïah'r teiliwr ei mesur am ei ffrog orau. Ond dyna fo, yr oedd yn eithaf bodlon ar ei hymdrechion heddiw ac yn y drych edrychai brodwaith ymyl y siôl gynt yn batrwm effeithiol o gwmpas gwddw'r flows.

Wrth roi clep ar y drws gwelodd fod cwsmer ar fin mynd i mewn i'r siop, merch ifanc bryd golau. Miss Gwilt, yr athrawes newydd. Sylwasai arni droeon yn cychwyn am yr ysgol yn y boreau o'i lodjin yn nhŷ Miss Owen ac yn dychwelyd yn y prynhawniau, ond ni ddaethai yn rhan o gymdeithas Llawr-cwm hyd yma. Yr oedd hi'n un ddigon siapus, beth bynnag. Er nad oedd Agnes ond pump a deugain, yr oedd wedi mynd i deimlo'i hoed yn ddiweddar. Dechreuasai ennill pwysau a dyna pam yn wir fod angen dillad newydd arni. Yr oedd hefyd yn ddi-blant ac wedi dod i addef wrthi'i hun nad oedd dim gobaith iddi feichiogi bellach. Troi yn siom oedd bywyd yn gyffredinol. Er bod George yn gwneud enw iddo'i hun fel ysgolor byddai yn well fil myrdd ganddi petai wedi dringo yn ei alwedigaeth feunyddiol. Dyna ddylai dyn ei wneud os am gael ei wir safle mewn cymdeithas.

'Pnawn da, Mrs Aaron,' meddai Baldwyn, yn ymddangos o'r parlwr. 'Ddrwg gen i'ch cadw chi. Wedi bod yn cyflwyno'r athrawes newydd i'r teiliwr.' Estynnodd gorn o frethyn oddi ar y silff—*serge* glas tywyll, sylwodd Agnes, hanner coron y llath—a thaenodd ei law ar hyd-ddo mewn edmygedd. 'Be ga i wneud i chi, Mrs Aaron?'

'Rîl las, Mr Thomas, os gwelwch yn dda.'

Edrychodd o'i chwmpas tra oedd Baldwyn yn nôl yr edau. Gwerthid popeth yn y siop, bwyd yr ochr acw a dillad a brethynnau yr ochr yma. Yr oedd drws y parlwr ar agor y tu hwnt i'r cownter a llais isel yr offeiriad Asarïah i'w glywed yn ysbeidiol yn mynd trwy ddefod y mesur.

Wrth iddi estyn y ceiniogau o'i phwrs a'u gosod yn ofalus fesul un ar y cownter daeth Betsi i mewn ar frys o'r parlwr bach cefn lle'r oedd tincial llestri a mân siarad i'w clywed.

'Eisie mymryn chwaneg o de arna i, Baldwyn—

O, pnawn da, Agnes. 'Dech chi'n falch o gael Mr Aaron yn ei ôl, mae'n siŵr.'

'Yndw wir, Betsi.' Cymerodd y rîl. 'Wel, wna i mo'ch cadw chi. Mae'n ddiwrnod prysur arnoch chi.'

Yr oedd hithau ar frys i orffen y gwnïo cyn i'w gŵr ddod i'r tŷ o fod â Mot am ei dro wythnosol ar y Foel. Hoffai George gael ei fwyd yn ei bryd er mwyn cael mynd ati i ysgrifennu.

'Agnes druan,' meddai Betsi ar ôl iddi hi fynd, 'wedi dod yma i brynu'r siop, debyg?'

'Rŵan, rŵan, Betsi, darbodus ydi hi, fel y dylai pob gwraig fod. Dydi hi ddim yn rhoi gormod o de yn ei thebot.'

'Hy! Byw'n gynnil er mwyn iddo fo gael ei lordio hi hyd llyfrgelloedd y wlad 'ma,' a diflannodd Betsi i'r cefnydd gyda'i the.

Hwn oedd tymor cyntaf Miss Annie Gwilt yn Llawr-cwm a'i hymweliad cyntaf â'r teiliwr. Arferai wnïo iddi'i hun ond wedi dod i Lawr-cwm cawsai ar ddeall yn fuan iawn fod pwytho ar restr gwaharddiadau Miss Owen. Gwnâi lanastr, esboniai, ac yr oedd pinnau yn bethau peryglus hyd y lle. Er ei bod hi'n edrych yn iau, yr oedd Annie Gwilt yn tynnu am ei deg ar hugain. Cawsai rai blynyddoedd o brofiad fel athrawes yn Llundain cyn dod i Lawr-cwm. Yr oedd yn falch o fod yn ôl yng Nghymru o fewn cyrraedd ei chartref yn yr Aber a theithiai ar y trên yno bob nos Wener i fwrw'r Sul gyda'i rhieni, trefniant oedd yn gyfleus i Miss Owen hefyd gan mai hi oedd yn cadw llety i bregethwr y Sul. Yr oedd un lodjer ar y tro yn hen ddigon i Miss Owen; ni hoffai i ddim daflu ei ringlets du oddi ar eu hechel.

Wrth droi am ei llety ar y ffordd adref o'r siop sylwodd Annie ar y dyn main, tal yn dod yn y pellter ar hyd Stryd Glandŵr o gyfeiriad y West Arms a chi bach gwyn wrth ei sawdl. Y porter! Adnabu ei drampio dyfal, yr un cerddediad ag a welsai lawer tro erbyn hyn wrth ei wylio yn mynd o gwmpas ei orchwylion yn yr orsaf. Weithiau ar nos Wener pan gludai ei bagiau yr oedd golwg sarrug arno, fel petai'n gas ganddo'i swydd; dro arall edrychai fel petai ei feddwl ar bethau amgenach a chredai Annie ar yr adegau hynny iddi weld ei wefusau'n symud fel petai'n adrodd llinellau ar ei gof. Iddi hi yr oedd rhywbeth atyniadol yn ei ymarweddiad. Ni ddylai fod wedi tynnu arno y diwrnod hwnnw ond rywsut yr oedd dyn a oedd mor anymwybodol o'i phresenoldeb yn her: syllai yn syth o'i flaen bob amser fel pe na bai hi yn bod. Rhyw ddydd efallai yr âi ei chwilfrydedd yn drech na hi. Y munud hwn yr oedd arni eisiau oedi i weld ble'n union yr oedd o'n byw ond gwelai drwy gil ei llygad fod Miss Owen yn rhythu arni trwy ffenestr y parlwr.

Pennod 4

On the grounds above stated I cannot hesitate for a moment to award him the prize and I accordingly do so, and desire at the same time to express my opinion that his important work is far more than worthy of a reward which, relatively to the immense labour involved and the valuable results achieved, is after all so very small . . .

The author's Welsh shows a most undue tendency to long-winded 'analytic' form and general ponderous circumlocution. Clogyrnaidd *is the Welsh adjective describing some characteristics of the style of the author.*

Cododd Margo ei golygon oddi ar ei llyfrau a syllu i'r anwel. Bu'n bwrw ymlaen yn bur ddygn gyda'r darllen ond waeth iddi gyfaddef ei bod wedi methu hyd yma â chynhesu at y gwaith. Wrth gwrs, roedd hi'n ddyddiau cynnar. Doedd hi ddim eto wedi disbyddu'r deunydd yn y Coleg o bell ffordd, heb sôn am fynd i chwilota mewn llefydd eraill fel y Llyfrgell Genedlaethol yn Aberystwyth. Ac ni fu yn llyfrgell y Coleg bob dydd yn ddiweddar chwaith. Roedd yn hydref braf a'r dyddiau tyner wedi ei chymell i geisio rhoi chwaneg o drefn ar yr ardd a chasglu rhai o'r afalau oedd ar ôl ar goed y berllan. Er bod yr awyr yn las roedd arlliw'r gaeaf ar noethni cynyddol y brigau, a'r ffrwyth coch yma ac acw'n edrych fel addurniadau gosod. Gadawai'r rhai uchaf, styfnig i Math eu hel yn nes ymlaen, eu troi yn ei law a'u tynnu o'u lle.

Cawsai gyfle i fyfyrio'n dawel fel yr âi o gwmpas

y gwaith o gywain i'w basged neu gribinio'r dail melynwyrdd yn domennydd tamp ar y glaswellt tra disgynnai chwaneg yn ysgafn ar ei phen a'i chefn. A daethai i'r casgliad cyndyn na allai wadu'r mymryn o siom a gawsai hyd yma, a'r argraff—lleia erioed—mai tipyn o beiriant llenyddol oedd George.

Edrychodd o gwmpas y llyfrgell. Ymddangosai pawb arall yn fodlon eu byd. Yn ôl ei arfer roedd y myfyriwr gyferbyn â hi'n cael blas ar y darllen ac yn britho tudalennau ei nodiadau â'i farciwr melyn. Yn amlwg roedd y geiriau'n llawn o dameidiau euraid i'w hanwylo a'u cofio.

'Wyt ti'n dod am goffi?'

Barbara, y ferch â'r corun crop o'r bwrdd ar draws y rhodfa oedd yn holi, Saesnes wedi dysgu Cymraeg. Eisteddai hithau yn yr un lle bob amser. Gwnâi'n siŵr o hynny trwy adael pentwr o lyfrau ar ei chornel hi o'r bwrdd a nodyn yn peri i staff y llyfrgell adael llonydd iddo, os gwelent yn dda, gan y byddai yn dychwelyd toc. O gwmpas y pymtheg ar hugain oedd hi o ran oed a Margo o'r herwydd yn falch o'i gweld yno ar ei bore cyntaf. Bu'n ofni teimlo'n ddiarth ynghanol yr ifanc ond buan y canfu mai tri-deg-rhywbeth a mwy oedd oed mwyafrif y regiwlars yn y rhan honno o'r llyfrgell. Erbyn hyn âi am goffi ambell dro gyda Barbara a myfyrwyr 'aeddfed' eraill. Âi hi byth i ymuno â Math yn stafell gyffredin y staff. Roedd yn rheol anysgrifenedig rhyngddyn nhw eu bod yn mynd eu ffordd eu hunain yn ystod dyddiau'r wythnos yn y tymor. Rhôi hynny flas arbennig i'r dod ynghyd gyda'r nos.

Doedd ar Math Pierce ddim eisiau i ddim byd fynd o'i le ar y berthynas. Roedd ei briodas gyntaf wedi methu oherwydd bod ei wraig am ddilyn ei gyrfa ei hun. Pan benodwyd ef i'w swydd bresennol yn Llanadda, er mawr syndod iddo gwrthododd hi symud o'r De gydag o oherwydd y byddai hi'n colli ei swydd mewn coleg yn y fan honno. Credai Math ar y dechrau y byddai hi'n newid ei meddwl ond ni wnaeth. Yna gobeithiai y byddai swyddi yn codi i'r ddau ohonyn nhw o fewn cyrraedd i'w gilydd rywbryd, ond ni wireddwyd mo'r gobaith hwnnw. Treuliai'r gwyliau gyda hi am gyfnod a deuai hithau i fwrw'r Sul ato yntau ambell waith ond yn fwy anaml o hyd nes daeth pen ar hynny hefyd. Ymhen amser sgrifennodd ato i ddweud ei bod wedi cyfarfod â rhywun arall.

Teimlai Math ei fod wedi methu, wedi ffaelu dod i'r afael â'r broblem nes ei bod yn rhy hwyr. Doedd o ddim wedi paratoi ei feddwl ar gyfer trin sefyllfa o'r fath. Gydag amser daethai i gredu, o edrych yn ôl ac ail-fyw hanes eu perthynas a'i methiant drosodd a throsodd yn ei ben yng ngwyliadwriaeth y nos, na fu'n briodas gwbl ddelfrydol o'r dechrau a'i bod yn bosib nad anawsterau cydraddoldeb oedd wrth wraidd y gwahanu terfynol. Beth bynnag am hynny, roedd yn benderfynol o wneud i'w briodas lwyddo y tro hwn. Roedd wedi dysgu, gobeithio, ei bod yn bwysig fod y ddau berson o fewn perthynas yn sicr o'u hunaniaeth, a chredai fod hunaniaeth Margo ynghlwm wrth y gwaith o sgrifennu.

Cerddodd Margo a Barbara yn yr heulwen ar draws y cwad agored i'r adeilad lle'r oedd y coffi ar

41

gael. Roedd yn ddiwedd hydref a'r tywydd yn dal yn rhyfeddol o fwyn a llonydd.

'Dwi 'di mynd yn ôl i ffrog ha,' meddai Margo.

'Fydda i byth yn gwisgo dim byd ond trywsus. Dydi o ddim mor hawdd i ddynion ein treisio ni wedyn.'

Edrychodd Margo arni a gweld ei bod yn hollol o ddifri. Credai mewn cydraddoldeb ei hun—hoffai feddwl amdani'i hun fel un o'r ffeministiaid hanner-ffordd—ond ni allai gytuno â'r safbwynt fod merch yn ysglyfaeth mewn un ystyr i'r gair a phob dyn yn hen sglyfaeth mewn ystyr arall. Penderfynodd ar yr adwaith ysgafn.

'Wel, dwi'n mynd i weld Modryb Bec pnawn 'ma. Mae hi'n naw deg oed ac yn ypsetio'n lân os gwelith hi fi mewn trywsus. Mae hi'n credu y dylia merched ddangos eu coesa.'

Gwyddai na fyddai Bodo Bec wedi ei roi yn hollol fel yna.

'Ar y cyfan, dwi'n dy lecio di lot yn well na George,' meddai Margo pan oedd Math a hithau'n eistedd ochr yn ochr ar y soffa y noson honno.

Roedd hi wrth ei bodd efo'r stafell fyw eang yn Nhŷ Twr, yn enwedig gyda'r nos fel hyn o flaen y tân. Roedd fel parhad o'u mis mêl yn y ffermdy hwnnw yn Ffrainc. Ar y wal roedd y llun a beintiodd Math yn yr ardd yn ystod y dyddiau hynny, llun o'r ddynes yn y cae yn gwarchod y gwartheg. Bu Math yn driw i'w air; roedd wedi rhoi syrpreis iddi achos Margo ei hun oedd y ffigwr yn y tirwedd. Hi oedd y ddynes lonydd yn y cae. Roedd yn ddigon hawdd ei hadnabod gan nad y gaberdîn a'r het ddu oedd amdani ond dillad Margo, cardigan a ffrog gotwm yr oedd Math yn arbennig o hoff ohoni. 'Y Llonydd Canol' oedd y teitl a roes arno ac a sgrifennwyd yn ofalus ganddo ar du ôl y llun. 'Paid byth â newid,' dywedodd wrthi pan oedd yn ei roi ar y wal.

'O, a dim ond "ar y cyfan" ife?' gofynnodd Math.

'Wel, ia, dwi ddim yn siŵr fasat ti'n cario 'nghesys i fel y basa fo'n bownd o neud taswn i'n mynd ar drên ryw dro.'

'A phe bawn i yn cynnig, fyddet tithe'n gadel i mi, feddyliest ti am hynny? Ac a fydde fe'n iawn iti adel imi yn yr oes oleuedig hon?'

'Dwi wastad yn fwy na pharod i roi i mewn i ti, fel y gwyddost ti o'r gora,' atebodd hithau a chydiodd yn ei law. 'Wrth gwrs, be ddyliwn i fod wedi'i ddeud ydi nag ydw i ddim wedi syrthio mewn cariad efo fo jest fel 'na, fel y gwnes i efo ti.'

'Mae'n dda 'da fi glywed nad wyt ti ddim yn gwneud habit o'r peth.'

'Na, o ddifri, mae'n rhaid i rywun hoffi ei destun, on'd oes? Dwi'n gwbod nag ydw i ddim 'di bod trwy bob peth eto o bell ffordd ond mi ddyliwn i fod 'di dŵad ar draws rhywbath dipyn bach allan o'r cyffredin erbyn hyn, jest rhywbath bach yn rhywla. O, mi roedd o'n stwff defnyddiol, mae'n siŵr, yn ymestyn ffinia gwybodaeth ryw gymint yn ei ddydd ond does dim byd 'di 'nhanio i. A doedd gan Bodo Bec ddim affliw o ddim i'w ddeud eto heddiw, a finna wedi gobeithio britho 'ngwaith efo rhyw fanion awthentig, ffres!'

'Beth am Bodo Mac 'te? Shgwla, pam nad ei di â Bec 'da ti i Lawr-cwm am y dydd i'w gweld hi?

Mae'r tywydd yn dal yn dyner a dyw hi ddim wedi gweld Mac ers tro, meddet ti.'

'Dydi hi ddim wedi sôn am fynd yn ddiweddar. Fydda hi'n arfar gofyn imi fynd â hi. Heddiw pan ôn i yna mi ddangosodd lythyr oedd hi 'di'i gael gan Bodo Mac ond soniodd hi ddim byd am fynd i'w gweld hi, a doedd Mac ddim yn swnian am iddi fynd chwaith, ran hynny.'

'Falle nad yw hi'n moyn dy boeni di. Rho gynnig arni. Mae'n bosib pan fydd y ddwy 'da'i gili yn yr hen ardal y dôn nhw i ddechre cofio rhyw bytie bach diddorol.'

'Hei lwc. Allwn i neud efo rhywbath i gynnal 'y niddordab i.'

'Allet ti fod wedi 'nhwyllo i, cofia. Bob tro y bydda i'n dy weld di yn y llyfrgell rwyt ti wastod ar goll yn dy lyfre.'

'Wyt ti rioed 'di torri'n rheol ni?'

'Wy'n dal i ddwli edrych arnat ti, wyddost ti.'

Ar y diwrnod penodedig eisteddai Bec yn y cyntedd yn aros am Margo, a'i het wellt am ei phen, fel petai wedi bod yno ers hydoedd. Daethai ei synnwyr-ffasiwn i ben ym mlynyddoedd y chwedegau ac edrychai bob amser fel ffosil o oes fodern ond diflanedig, ei dillad yn *passé* ac eto yn dal i gynnwys rhyw adlais o'r *chic*. Doedd dim un sgert o'i heiddo i gael bod fymryn yn is na modfedd o dan y pen-glin ac fel yr âi'r nyrs â hi i lawr y ramp at y car yn ei chadair edrychai'i choesau'n siapus—doedden nhw ddim wedi twchu fel y gweddill ohoni—yn y teits lliw haul a'i thraed yn eu *court-*

shoes o ledr sgleiniog yn dwt efo'i gilydd ar stepan y gadair olwyn.

'Rŵan i fewn wysg eich cefn, Rebecca,' meddai'r nyrs.

'That's right, dear, buttocks first,' meddai Bec gan ollwng ei phwysau i lawr yn ara deg.

Yn anfoddog y derbyniodd y gwregys diogelwch ac ar hyd y siwrnai o awr a hanner daliodd i fynegi ei gwrthwynebiad yn ei hosgo. Mater o ddioddef y llyffethair oedd o yn hytrach na derbyn y sadrwydd.

Ni chymerai fawr o ddiddordeb yng ngolygfeydd y wlad. I Margo roedden nhw'n ysblennydd. Bu'n flwyddyn dda am liwiau'r hydref ac roedd llawnder cyforiog o aeron ar y gwrychoedd, ac fel y deuent o fewn ychydig filltiroedd i Lawr-cwm roedd coch ffyrnig dail y coed yn rhoi'r syniad eu bod yn gwibio drwy goedwigoedd ar dân cyn cael eu trochi'n sydyn yng nghysgodion oeraidd planig-feydd y coed pin.

'Feddylies i rioed y gwelwn i Lawr-cwm eto rywsut, na'r hen Fac chwaith.'

Maglona oedd enw bedydd Bodo Mac ond fel Bec a Mac y cyfeirid at y ddwy o fewn y teulu er eu plentyndod. Roedd hi dair blynedd yn iau na'i chwaer ac yn dal i fyw yn eu hen gartref, Ty'n Rhedyn, ar ochr y mynydd. Dynes heini yr awyr agored oedd hi, yn dal i gerdded dros y foel y tu cefn i'r tŷ neu stelcian drwy'r coed at yr afon fel ei thad gynt a'i gwn yn ei llaw. Yn Nhy'n Rhedyn y bu hi fyw ar hyd ei hoes ac yno y gobeithiai gael marw.

'Gobeithio fydd Mac wedi rhoi rhywbeth go deidi amdani,' meddai Bec wrth iddyn nhw ddod at ben y bwlch a dorrai drwy'r mynyddoedd i lawr at y cwm a'r pentref.

Roedd Margo wedi anfon ar frys at Bodo Mac i ddweud eu bod yn dod a'i bod am fynd â nhw i gael cinio yn yr hen stesion a oedd wedi ei throi'n gaffi trendi ar ôl i'r lein gau—lle pin golau a bwyd iach.

Troesant i'r chwith oddi ar y ffordd fawr a dilyn lôn fynydd nes cyrraedd Ty'n Rhedyn. Gadawodd Margo'r car ger y llidiart lle'r oedd hi'n haws troi i fynd yn ôl i lawr i waelod y cwm drachefn.

''Dach chi ddim am ddŵad efo fi? Mae'ch ffon chi gin i'n barod.'

'Na, mae'n well gen i gofio'r hen le fel yr oedd o.'

Pan agorodd Margo ddrws y tŷ a gweiddi, daeth oglau cathod a llefrith yn sefyll mewn soseri i'w chyfarfod yn un hwrdd.

'Bobol annwyl, 'dech chi wedi cyrredd yn barod?' meddai llais Bodo Mac o'r cysgodion. Heliodd gath oddi ar ei glin a chodi i gusanu Margo. 'Ydi Bec efo ti?'

'Mae hi yn y car.'

'Ia, wedi mynd yn fwy musgrell, wranta.'

Tra oedd Mac yn gwneud ei hun yn barod crwydrodd Margo o gwmpas yr hen gegin gyfarwydd. Doedd fawr ddim wedi newid ond bod y set deledu wedi cymryd un ochr i'r tân. Y cwpwrdd cornel yn dal yn ei le. Cofiai gael y fraint o sefyll ar ben cadair i estyn y tun *pears* ohono pan oedd hi'n blentyn. Y ddreser hefyd gyferbyn â'r ffenest fel erioed a'r platiau cig mawr ar i fyny yn un rhes ar y silff uchaf o hyd. Yr un orniments ar lintel ddofn y ffenest, pethau digon prin rai ohonyn nhw, yn agored i'r byd eu llygadu pe deuai rhywrai ar sgawt. Oedd hi ddim ofn lladron? Mae'n debyg fod y gwn yn help i deimlo'n ddiogel. Roedd yntau yn ei hen le ar y dist canol a'r enw Wilkinson and Son of London yn dal yn glir arno.

Wedi iddyn nhw gyrraedd y car, geiriau cyntaf Bec oedd, 'Eisie iti gael rhywun i dorri'r sietin 'ne iti, Mac.'

A go ddistaw oedd pethau wrth fynd i lawr at y ffordd fawr a thrwy'r pentref at y stesion. Tybiodd Margo iddi weld ambell un yn sbecian o ddyfnder ei pharlwr wrth iddyn nhw fynd heibio. Si wedi mynd ar led, debyg, fod merched Ty'n Rhedyn yn mynd am ginio i'r Station Café y diwrnod hwnnw.

'Tydi'r byrdde 'me'n bethe del?' meddai Mac.

Roedden nhw wedi dewis bwrdd wrth ymyl y ffenest fawr a wynebai'r rheilffordd gynt. Oherwydd y tywydd braf bwytâi rhai allan ar yr hen blatfform o dan fasgedi crog y bondo.

Roedd Bec yn astudio'r bwrdd ac yn dechrau aildrefnu'r cyllyll a ffyrc, yn eu codi oddi ar y bwrdd moel lle'r oedden nhw wedi'u gosod o boptu'r matiau ac yn eu rhoi'n ôl yn ofalus, pob peth yn yr un drefn, ond ar dop y matiau y tro hwn.

Wedi archebu meddyliodd Margo y bydden nhw'n dechrau ymlacio a mwynhau gweld ei gilydd a bod allan am sbri ond ymddangosent ar frys i gael popeth drosodd. Gynted ag y cyrhaeddodd y cawl cythrodd Bec am y rholiau bach crynion a'u hel i'w napcyn papur.

'Fydd rhain yn ormod i ni rŵan. Mi wnân damed

o swper iti, Mac. Mae golwg fel taset ti'n bwyta gwellt dy wely arnat ti.'

'Wel, dydio ddim yn ddaioni i chi fod yn rhy dew, decini.' Edrychodd Mac o'i chwmpas. 'Fan hyn oedd y wêtin-rwm dybed?'

'Ia, siŵr iawn. Dêr, 'den ni 'di aros lawer yn fan hyn, 'do Mac, pan oedden ni'n mynd ar y trên i'r cownti sgŵl yn y dre. A maen nhw wedi cadw'r hen rât, drycha. Oedden ni'n falch o gael hel o gwmpas y tân yn y gaea ar ôl cerdded i lawr o Dy'n Rhedyn.'

'A fanne oedd yr offis, debyg,' meddai Mac gan bwyntio at stafell lai yn y pen draw oedd wedi ei throi yn estyniad i'r brif stafell. 'A tu ôl i fancw'n rhywle oedd tŷ'r stesion-master.'

'Fuo George Aaron yn byw yn fanno?'

'O diar, diar, naddo. Fuo fo rioed yn stesion-master. Mae gen Margo ddiddordeb yn George Aaron i ti gael dallt, Mac. Eisie sgwennu rhywbeth amdano fo.'

'Wn i'n iawn. Felly deudodd hi yn ei llythyr. Mi ddangosa i 'i dŷ o iti wedyn.'

'Well i ni fynd â'r lodes fach i'r hen fynwent gynta tra mae hi'n sych ac mi gawn ni weld sut olwg sy ar fedd Nain yr un pryd.'

Margo a Mac aeth i'r fynwent. Dewisodd Bec aros yn y car wedi'r cyfan. Chwinciad fuon nhw'n cyrraedd yr eglwys, taith o filltir a hanner hir iawn pan gerddodd Margo yno gyda'i thaid. Gallai fod wedi cael hyd i'r bedd heb help ei modryb; cofiai'r fan yn union rhwng yr ywen a'r wal ond bod corlan zinc rydlyd yn cuddio'r hen domen flodau gynt. Roedd yr un awgrym o amddifadrwydd yno o hyd. Dim serchog gof amdano dan gen gwyrdd y llechen. Dim coffadwriaeth annwyl o'r hwn a fu farw yn hanner cant ac un oed. Yr un oed â hi, ddigon agos.

'Dydi o ddim fel tasa fo rioed 'di bod yn fab i neb nac yn ŵr i neb, nagdi, Bodo Mac?'

Oedodd Mac cyn ateb.

'Na, na, wrth gwrs. Beddrod llenor ydi o'n de?'

'Gawsoch chi hyd iddo fo?' gofynnodd Bec wedi iddynt ddychwelyd i'r car. 'Wrth ymyl bedd Nain, yntê, dan yr ywen fawr? Rhyw garreg ddigon plaen. Biti na fasen nhw wedi rhoi "Y Cludydd Llengar" ar ôl ei enw fo.'

'Dêr, 'den ni wedi cerdded lawer ar hyd y stryd 'ma, Bec, erstalwm, ti a fi. Stryd Glandŵr.' Stryd o dai heb fod yn bell o'r afon oedd hi, a Bec wedi mynnu dod allan o'r car y tro hwn. 'Fydden ni'n dod ar hyd-ddi i hel clennig—'

'A chasglu at y genhadaeth ac i fynd i brynu da-da yn siop Mr and Mrs Thomas draw fanne.'

Gwelodd Margo dŷ a allai fod wedi bod yn siop unwaith.

'Siop Baldwyn a Betsi, chadel Dad,' ychwanegodd Mac.

'Ond dyma fo,' meddai Bec a chodi'i ffon i bwyntio at dŷ yn union gyferbyn. 'Tŷ yr hen Fisus Aaron.'

Brysiodd Margo i afael ym mraich Bec tra oedd hi'n chwifio'i ffon yn yr awyr. Ei hargraff gyntaf oedd ei fod yn dŷ nobl ac mai'r drws ar ei ganol yn wynebu'r lôn oedd ei unig ddrws ffrynt. Roedd y

49

to yn codi'n big ar y canol a tho pig y portsh yn siâp cyfatebol yn is i lawr. Yna sylwodd fod ochrau'r tŷ o'r un patrwm a bod drysau a phigau tebyg ar y ddau dalcen o boptu a bod tri thŷ yno mewn gwirionedd. O ddilyn cyfeiriad ffon Bec deallodd mai'r drws i lawr yr ochr ar y dde oedd drws ffrynt Mrs Aaron, yn wynebu'r bryncyn o ardd a berthynai i'r hen siop y drws nesaf. Roedd giât yno a llwybr llechog twt yn arwain at y tŷ.

'Gawson ni gynnig arno fo erstalwm, ti'n cofio, Bec?'

'Do, do, wedi dyddie Mrs Aaron. Pobol yn caru'n lles ni ac yn meddwl y base'n fwy cyfleus i ni ddod lawr i'r pentre i fyw ond allwn i ddim meddwl byw yno.'

Ysgydwodd Mac ei phen. 'Na, allwn inne ddim cysgu noson yno,' a rhoes ei braich ym mraich ei chwaer. 'Tyd, mae'n mynd yn oer iti, Bec. Ewn ni'n ôl at y car. Dene'r unig fai sy ar Lawr-cwm, am wn i. Y mynyddoedd yn rhy agos a'r haul yn machlud yn gynnar y tu ôl iddyn nhw.'

Pennod 5

Ac y mae'r cwestiwn
  'Pwy ddisgwyliai canai'r Gog,
  Mewn Mownog yn y Mynydd?'
yn ein taro ni yn lled ryfedd, yn gymaint ag i ni gael y
pleser hwnw lawer gwaith.

Ochneidiodd George Aaron. Ai ef ynteu'r bardd
oedd yn bendew? Yr oedd yn paratoi ei draethawd
maith arobryn ar Hanes Llenyddiaeth ar gyfer ei
gyhoeddi ac yn ceisio mynd i'r afael unwaith eto â
cherdd oedd wedi rhoi anhawster iddo. Câi ei
chydnabod yn delyneg anfarwol gan eraill, ac eto
ni fedrai yn ei fyw ddirnad beth oedd ym meddwl
Lewys Morus i ddweud y fath beth. Wrth gwrs y
clywid y gog yn canu ar y fawnog! Yr oedd y
meddwl barddol yn gaeedig iddo ar brydiau er
iddo dreulio oriau yn ei gynefino ei hun â gwaith y
beirdd a dysgu llinellau di-rif ar ei gof wrth bydru
arni o gwmpas yr orsaf. Ar adegau fel hyn collai ei
hyder a theimlai mai ofer fu'r holl ymlafnio, y
nosweithiau celyd a dreuliwyd yn y gegin fel hyn
yn ceisio'i addysgu ei hun wedi gwaith y dydd
neu'n teithio ar y trên i'r dosbarthiadau nos yn y
dref i baratoi ar gyfer arholiadau South Kensington.
Maen tramgwydd iddo ar hyd ei oes fu'r diffyg
sylfeini.

Yr oedd yr unigrwydd hefyd yn affwysol.
Hiraethai am gael trafod ei waith gyda rhywun.
Dyna lle'r oedd hi'n braf ar wŷr y colegau, min yn
hogi min yn yr ystafelloedd cyffredin.

Drwy gil ei lygad yr oedd yn ymwybodol o Agnes

wrth y tân yn darllen ei Feibl, yr Hen Destament yn fwy na thebyg, cyn mynd i'r *Band of Hope*. Symudai ei gwefusau wrth ddarllen ac ni allai lai na theimlo bod yna gerydd yn y llith ddistaw oedd bron fel pader. Ailgydiodd yn ei waith.

Clywodd Agnes sŵn yr ysgrifennu yn ailddechrau, siffrwd y dwrn yn llithro'n ysbeidiol ar draws y papur lle'r eisteddai George wrth y ffenestr a wynebai'r lôn, er nad oedd fawr o fantais i'w gael ohoni bellach; er ei bod yn fis Ebrill yr oedd yr haul wedi diflannu y tu ôl i'r mynyddoedd ers meitin. Tynnodd ei chadair yn nes at y tân. Y tu ôl iddi yr oedd cysgodion y grisiau a'r drws oedd yn arwain i'r gegin gefn a'r tŷ golchi. *Ac Ahimaas a genhedlodd Asarïah ac Asarïah a genhedlodd Johanan.* Clywai Mot yn ystwyrian yn y canol gwag ar waelod y ddreser, hen ddreser dderw ddu ei nain o Ardudwy. Yr oedd wedi cymryd ei lle i'r dim ar hyd y pared rhwng y drws ffrynt a'r ffenestr. Agorai'r drws yn syth i mewn i'r ystafell ond gan ei fod yn nhalcen y tŷ dan bortsh sylweddol yr oedd hi'n ddigon preifat a chysgodol. *A Johanan a genhedlodd Asarïah (hwn oedd yn offeiriad yn y tŷ a adeiladodd Solomon yn Jerusalem).* Casâi Agnes fudandod y gyda'r nos ond gwell ganddi hynny na'r absenoldebau yn y llyfrgelloedd pell yna. Ni hoffai ei chwmni ei hun. Pan âi George am ei lasiad i'r Llew Glas ar nos Sadwrn gallai orwedd yn y llofft yn disgwyl am sŵn clicied y drws ac yna'r ymbalfalu wrth iddo ddringo i'w gwely plu yn y tywyllwch, ond pan fyddai i ffwrdd yn Llundain a Chaerdydd ni fyddai unrhyw sŵn i wrando amdano.

Yr oedd yn bryd tynnu'r llenni. Edrychodd ar ei

gŵr yng ngolau'r lamp a'r blew mân ar gefn ei law yn sgleinio'n euraid.

'Nid ydym yn deall', ysgrifennai George, 'beth a feddylia'r bardd wrth sôn am "Win ar fin Afonydd" mwy nag mewn rhyw le arall.' Gorau po gyntaf y gorffennai hwn er mwyn cael mynd ymlaen â'i Lyfryddiaeth. Efallai mai dyna ei gryfder, gwaith ffeithiol, manwl yn hytrach na beirniadaeth lenyddol. Dyheai am gael ei draed yn rhydd i grwydro'r llyfrgelloedd fel ysgolhaig wrth ei alwedigaeth. Efallai na fyddai'r dydd hwnnw yn hir yn gwawrio bellach. Anfonasai lythyrau di-rif at bobl ddylanwadol ynglŷn â'r posibilrwydd o gael cymhorthdal a phensiwn a chadwodd Mr O. M. Edwards at ei air. Ochneidiodd eto. 'Y mae y saith pennill—'

'Bobol annwyl, oes rhaid griddfan fel yna a thithe'n cael pob llonydd i wneud dy waith?' gofynnodd Agnes wrth gau'r llenni. Yr oedd yn bryd iddi hi fynd i'r capel. 'Be sy'n bod arnat ti, neno'r dyn?'

Gwisgodd ei chôt a'i het amdani wrth waelod y grisiau, ac agorodd y drws.

'Leiciwn i roi'r gore i 'ngwaith gyda'r rheilffordd, Agnes.'

Troes hithau ato. Gwelai ei fod yn sefyll wrth y grât â'i gefn ati, ei ben i lawr a'i ddwy law yn cydio yn y silff-ben-tân.

'Rhoi'r gore i dy waith?' Teimlai Agnes gynddaredd yn codi o'i mewn fel rhyw boen mawr. 'A be wnaen ni wedyn, sgwn i?' gofynnodd a'i llais yn meinhau. 'Mi ryden ni'n byw mor gynnil ag y medrwn ni'n barod.'

'Wyt ti'n cofio i mi ddweud,' dechreuodd George yn bwyllog a distaw, 'i mi gyfarfod ag O. M.

53

Edwards ar y trên?' Cododd ei ben ac edrych ar ei hwyneb gwelw. Gwyddai y dylai fod wedi ei pharatoi yn well ar gyfer hyn. 'Mi soniodd wrtha i y byddai'n bosib, efalle—i mi gael Civil List Pension ac wedyn—'

'Be?'

'Rhywbeth mae'n bosib i lenor ei gael—'

'Llenor?' gwaeddodd Agnes. 'Ti'n galw dy hun yn llenor?' Yr oedd erbyn hyn yn sefyll yn y portsh ar ei ffordd allan. 'Plentyn siawns di-ddysg fel ti?' Rhuthrodd yntau ati a cheisio'i thynnu i'r tŷ gerfydd ei garddyrnau ond gwrthsafodd hithau ei ymdrechion a methodd â'i llusgo yn ddigon pell i mewn i fedru cau'r drws. Ofnai George y byddai'r stryd i gyd yn clywed y sgrechfeydd. 'Dy fusnes di oedd trio gwella dy hun yn dy waith yn lle diogi fel meilôrd yn fan hyn.' Llwyddodd i ddod yn rhydd o'i afael a dechreuodd golbio'i frest. 'Os wyt ti mor glyfar â hynny, sut nag wyt ti'n ddim byd mwy na phorter bach yn y wlad ar ôl yr holl amser, ys gwn i?'

Gwthiodd ei gŵr o'r ffordd a rhedeg allan.

Safodd yntau yn ei unfan. Clywai sŵn ei thraed yn brysio at y giât ac yna ar hyd y stryd at y llwybr bach tua'r pen uchaf i'r pentref a'i geiriau yn atseinio yn ei ben. Gwyddai o'r gorau beth oedd ergyd ei chwestiwn. Cyfeirio'r oedd hi, nid am y tro cyntaf, at ddigwyddiad a fu yn loes iddo ar hyd y blynyddoedd.

Yn fuan ar ôl priodi, ac yntau yn borter mewn gorsaf wledig y tu allan i Amwythig, bu am gyfweliad yn y dref un diwrnod ynglŷn â'i waith. Aethai popeth yn dda a bu cadeirydd y bwrdd cystal â dweud wrtho fod dyrchafiad ar ei ffordd iddo mewn gorsaf fwy. Yr oedd wrth ei fodd. Yn wir, teimlai mai dyna'r peth gorau a ddigwyddodd iddo erioed. Nid oedd yr oriau a dreuliodd yn ei ddysgu ei hun i ysgrifennu'n gywir ac i gadw cyfrifon wedi mynd yn ofer. Edrychai ymlaen at ddweud wrth Agnes. Ni chofiai iddo fedru plesio neb o'r blaen, yn sicr nid ei fam, a aeth i ffwrdd i weini ar ôl ei eni a'i adael gyda'i daid a'i lys-nain. Ni chawsai glod erioed ychwaith gan ei athro ysgol. Unwaith yn unig y derbyniodd air calonogol yn ei ieuenctid a hynny gan weinidog mewn Cymanfa Bwnc a'i canmolodd am ei gof eithriadol, canmoliaeth a drysorodd yn ei galon.

Y noson honno, wedi'r cyfweliad, bu'n rhaid i George ddychwelyd i'w waith. Dim ond un fyddai ar ddyletswydd yr adeg honno o'r nos yn yr orsaf ddinod honno ac yn ystod yr oriau diflas fe'i temtiwyd i bicio i mewn i'r dafarn drws nesaf am ddiod bach i ddathlu. Tra oedd yno aeth i ddechrau brolio wrth griw o ddynion ifainc a adwaenai ran eu gweld a bu'r rheini'n cynnig y naill lwncdestun ar ôl y llall iddo gyda'r canlyniad ei fod yn dal yn y dafarn pan glywodd chwiban y trên olaf. Erbyn iddo gyrraedd yr orsaf yr oedd yr ychydig deithwyr yn dod allan i'w gyfarfod o'n simsanu tuag atynt. Ni ddywedwyd dim ar y pryd ond fe aeth y stori ar led, a maes o law fe gafodd ei shyntio, chwedl yntau, i Lawr-cwm ac fel agerbeiriant di-daith y cyfeiriai'n ddilornus ato'i hun wedyn pan ddeuai plwc o iselder.

Caeodd y drws a mynd yn ei ôl i geisio myfyrio uwchben y delyneg unwaith eto. Dechreuodd ysgrifennu yn ysgafala: 'Y mae y saith penill arall yn gyffelyb o ran synwyr, neu ddiffyg synwyr. Nid oes neb o'n darllenwyr, ni a gredwn, ag sydd wedi arfer mynychu'r tafarndai, nag ydynt wedi cael y pleser, os pleser hefyd, o wrando ar ryw lolyn meddw neu gilydd, yn crugleisio hon yn sŵn y delyn neu'r crwth.' Gwenodd yn sarrug wrtho'i hun. 'Y mae yn wir ein bod yn rhy bendew i ddeall y meddyliau sydd ynddi, os oes ynddi rai o gwbl, ond yr unig fan y mae anfarwoldeb wedi cymeryd meddiant o hon, ni a gredwn, ydyw yn y dafarn.'

Wedi i Miss Annie Gwilt ddod yn ôl ar ddechrau ei hail dymor yn ysgol Llawr-cwm yr oedd y porter fel petai wedi anghofio am ei bodolaeth, ac yntau yn gynharach wedi dod i wenu arni, rhyw wên swta, bell oedd yn llawn mor ddi-hid, mae'n debyg, meddyliai yn ei gwely, a pheidio â gwenu o gwbl. Bu'n ddirgelwch iddi o'r dechrau. Yr oedd wedi hen arfer delio â chludwyr y ffordd haearn wrth deithio'n ôl ac ymlaen i Lundain ac wedyn ar draws Llundain i'w llety yn Stockwell, ond ni chofiai wyneb yr un ohonynt. Estynnai'r cildwrn o'i phwrs heb edrych arnynt bron. Ni allech gynnig cildwrn i Mr Aaron; wrth gwrs, yr oedd y sefyllfa'n wahanol mewn stesion wledig lle'r oedd y porter yn rhan o'r gymdeithas leol—er nad dyna'r unig reswm chwaith yn ei achos o. Yr oedd Mr Aaron yn adnabyddus i'r rhan fwyaf o'r teithwyr—teithwyr yr hydref a'r gaeaf oeddynt, wrth reswm—ac wrth eu clywed yn ei gyfarch y daeth i wybod ei enw. Ac eto, er iddi ei weld yn cerdded ar hyd y stryd i'w gartref, ni ddaethai ar ei draws yn gymdeithasol. Oherwydd ei bod yn bwrw'r Sul gyda'i rhieni yn yr

Aber nid oedd wedi ymaelodi yn y capel yn Llawr-cwm, ond fe fyddai er hynny yn mynychu cyfar-fodydd noson waith fel y Gymdeithas Lenyddol a'r *coffee suppers* lle y cyfarfyddai â'r trigolion, teulu-oedd y plant yn ei dosbarth, rai ohonynt, ond welodd hi erioed mo'r cludydd yno. Hyd yn oed pan fyddai wrth ei waith yn yr orsaf ni ellid dweud ei fod yn bresennol yno chwaith yn yr ysbryd. Câi Annie'r argraff fod ei feddwl yn rhywle arall. Hynny oedd wedi dal ei sylw o'r dechrau, hynny a'i ddwylo. Y nos Wener honno pan eisteddai wrth y tân yn yr Aber gyda'i rhieni yn adrodd hanes ei hwythnos gyntaf yn Llawr-cwm, mynnai ei ffurf a'i wynepryd ymddangos o flaen ei llygaid. Sylwodd ar y creithiau ar ddwylo ei thad a fu'n gweithio yn y mwynau plwm, a chofio am y dwylo rhyfedd o dyner a sensitif a agorodd ddrws y cerbyd iddi y prynhawn hwnnw. Dwylo cerddor, artist, bardd? Yr oedd dwyster y bardd ganddo ond nid llygaid breuddwydiol y bardd. Yn wir, yr oedd rhywbeth yn galed yn ei lygaid a rhywbeth creigiog yn ei wyneb, fel petai'n cerdded yn erbyn y gwynt, yn brwydro yn erbyn tywydd garw'r gogledd-dir o hyd heb fyth anadlu o awelon caruaidd y de.

Fel yr oedd y dyddiau'n ymestyn dechreuodd Annie nodi ei fynd a dod. Un peth a wyddai, yr oedd yn byw yn is i lawr y lôn ar yr ochr arall i'r ffordd. Âi i'w llofft o olwg Miss Owen ac eistedd ar erchwyn y gwely am hydoedd yn edrych allan amdano drwy'r ffenestr. Weithiau âi heibio i byrth yr orsaf wrth fynd adref o'r ysgol ddiwedd prynhawn. Golygai hynny fynd allan o'i ffordd rywfaint, gwneud tro go fawr i'r dde at yr orsaf a mynd yn ei hôl i'w llety heibio'r West Arms ar gornel Stryd Glandŵr yn lle croesi'r ffordd fawr ar waelod allt yr ysgol fel y gwnâi fel rheol a thorri'r gornel yn llwyr drwy fynd i lawr y llwybr bach. Weithiau câi gip arno, weithiau ddim, ond ni feiddiai sefyllian o gwmpas. Yr oedd yn rhaid meddwl am ryw gynllun, creu sefyllfa a fyddai rywsut yn ei orfodi i ymlacio a siarad. Weithiau âi heibio i'w dŷ, cogio mynd heibio'n ddidaro, ond nid yn aml, rhag ofn tynnu sylw'r hen farcutan, Miss Owen. Unwaith neu ddwy meddyliodd y gallai ei weld yn eistedd wrth y bwrdd yn y ffenestr yn crymu dros ei lyfrau.

Cymerodd oesoedd iddi ddeall ei fod yn gorffen ei waith yn gynnar ar ddydd Mercher. Oherwydd fod ei symudiadau, hyd y gwelai, yn afreolaidd—y gorsaf-feistr ac yntau yn gwneud trwy'i gilydd i amrywio trefn yr oriau, efallai—nid oedd wedi ei tharo am beth amser fod amserlen ei ddydd Mercher yn un sefydlog. Dylai fod wedi cofio mai dydd Mercher oedd hi pan welsai ef ym mhen draw'r lôn, a'i gi bach wrth ei sawdl, y diwrnod hwnnw y bu hi at y teiliwr. Dechrau'r hydref oedd hynny a cheisiodd ddyfalu faint o'r gloch oedd hi. Cofiodd fynd yn ôl i'w llety ar ôl yr ysgol i gael ei the yn gyntaf rhag ypsetio rhaglen Miss Owen ac wedyn ar ôl cael ei mesur gan Mr Asarïah Bysedd Lloyd yr oedd wedi oedi tipyn yn y siop i ddewis defnydd. Yr oedd yn tynnu am chwech o'r gloch, reit siŵr, pan ddaethai oddi yno.

Un prynhawn Mercher eisteddai Annie ar garreg wastad yng ngwair cwrs y mawndir ar ben y Foel yn bwyta'i the gan edrych draw i'r pellteroedd anial, drum ar ôl trum. Gwyddai na fyddai ganddi fawr o amser eto i aros. Cymerasai bron i awr iddi gyrraedd yno. Yr oedd tipyn o dynnu i fyny drwy'r brwyn a'r twmpathau grug yn ystod rhan olaf y daith. Cychwynasai o'r ysgol yn syth wedi i'r gloch ganu ac i'r plentyn olaf adael ei gofal. Yr oedd yn rhaid brysio er mwyn cyrraedd y fangre mewn pryd. Anelai at y maen hwn, carreg terfyn taith wythnosol Mr Aaron, fel petai, fel y daethai i ddeall ar ôl ei hir wylio. Yr oedd yn ddyn trefnus cyn belled ag yr oedd mynd â'i gi am dro yn y cwestiwn, beth bynnag. Âi heibio i'r West Arms ac yna ymuno â'r ffordd fawr cyn belled â'r bont dros yr afon, troi i'r chwith wedyn ar hyd glan yr afon yr ochr draw, croesi'r afon yn ôl wedi cyrraedd cyn belled â'r bompren ac i fyny llwybr y Foel drwy'r rhedyn. O leiaf, dyna'r ffordd y tybiai y cerddai gan mai dyna'r ffordd a gymerai wrth ddod yn ei ôl. Nid oedd hi byth yn ei weld yn cychwyn gan y byddai yn cael ei the yn ystafell gefn Miss Owen bryd hynny, ond llwyddodd i ddianc ar ôl te ambell dro i wneud ei gwaith ymchwil. Unwaith, pan oedd Miss Owen yn y Cyfarfod Misol, llowciodd ei the er mwyn cael mynd i weld yn union ble oedd pen y daith. Nid peth hawdd oedd ei ddilyn; er ei fod yn hŷn na hi yr oedd Mr Aaron yn gerddwr chwim, heini ac ni chymerai byth egwyl i fwynhau natur. Wedi cyrraedd y garreg eisteddodd i lawr am ryw funud neu ddau fel cydnabyddiaeth ei fod wedi cyrraedd y nod ac yna i lawr ag o yn ei ôl. Defod yn hytrach na mwynhad. Wrth iddo frasgamu drwy'r rhedyn fe'i gwelodd yn tynnu ei gôt oddi amdano a'i tharo dros ei ysgwydd, yr agosaf a ddaethai at fod yn jyhói.

Synnai Agnes Aaron weld Miss Owen yn aros amdani ar ddiwedd y Cyfarfod Dorcas y prynhawn Mercher hwnnw, a hynny am ddau reswm. Synnai yn y lle cyntaf nad oedd hi'n mynd rhag blaen i baratoi te Miss Gwilt ac yn ail, er eu bod yn byw yn yr un stryd ac yn agos o ran oed, anaml y byddai Miss Owen yn tynnu sgwrs ag Agnes. Ar ôl blynyddoedd o ymddiddanion Sabothol ar ei haelwyd gyda phregethwyr yr Henaduriaeth ystyriai Miss Owen ei hun yn un o ddeallusion y pentref a'i bod uwchlaw mân sgwrsio. Clywsai Agnes hi'n dweud wrth eraill lawer tro gymaint y byddai hi'n mwynhau trafodaeth ddiwinyddol ar ôl cinio'r Sul tra byddai Sara fach yn golchi'r llestri. Deuai Sara i roi help llaw iddi dros y Sul i osgoi 'sefyllfa letchwith' ac i gerdded o'i blaen i mewn i'r capel i ddal drws y sêt ar agor er mwyn iddi gael fflownsio i'w lle wrth ochr yr organ yng ngolwg pawb.

Annisgwyl, felly, oedd ei gweld hi'n sefyllian wrth giât y festri, a'i bonet henffasiwn yn glòs am ei chorun a'r cyrls tywyll yn syrthio'n rholiau ar ei hysgwyddau.

'Mae'n rhyfedd eich gweld chi efo digonedd o amser, Miss Owen. Ydi hi ddim yn amser te Miss Gwilt?'

'Dyna fel y dylie hi fod, Mrs Aaron, ond be feddyliech chi? Mae hi'n cymyd ei the ar y mynydd pnawn 'ma.'

'Gweld hi'n braf, debyg. Efo pwy 'raeth hi? Ar ei phen ei hun fydda i'n ei gweld hi o hyd.'

'Dyna'n union 'y nghwestiwn inne, Mrs Aaron. "Ar ben eich hun?" meddwn i.' Ar hynny stopiodd yn stond, arferiad oedd ganddi i weld effaith ei geiriau ar ei chydymaith. '"Ie, ar ben fy hun," medde hi. Y Ddynes Newydd, 'dech chi'n gweld. Annibyniaeth, Mrs Aaron bach.' Dechreuodd gerdded yn ei blaen. '"Pam nag ewch chi ar ôl te?" meddwn i. "Mae'n ddigon gole i chi rŵan." "Efallai y bydda i eisie mynd gryn bellter," medde hi. "Mae'n bwysig ymarfer y corff".' Stopiodd Miss Owen eto. 'Eisie bod yn ddynes gref, 'dech chi'n gweld, gystal ag unrhyw ddyn. Dwi wedi darllen amdanyn nhw yn *Y Gymraes*, Mrs Aaron bach. Dydi swyn a phrydferthwch ddim yn'i hi rŵan.' A rhoes siglad bach i'w chyrls wrth i'r ddwy gerdded yn eu blaenau unwaith eto. Gwelai Agnes wyneb a chorff Miss Gwilt o flaen ei llygaid fel y gwelsai hi'n mynd heibio'r ffenestr y dydd o'r blaen, a'r *chignon* o wallt melyn ar y gwar syth, main.

'"Dorra i'r brechdane fy hun," medde hi, "i arbed trafferth i chi, Miss Owen, ac mi a' i â nhw i'r ysgol efo fi er mwyn i mi gael mynd yn syth pan ganith y gloch." Meddyliwch! Cymyd meddiant o'r gegin!'

'Mae hi wedi hen gychwyn erbyn hyn felly.'

'O yndi. Byw na marw na châi ei ffordd ei hun. Wn i ddim beth oedd o'n iawn. Mae hi'n *deep*, wyddoch chi.'

'Dwi'n gweld hi'n braf arnoch chi, Miss Gwilt, chi a phawb arall sy wedi cael cyfle.'

Rhyfedd fel yr oedd y sgwrs wedi mynd rhagddi'n rhwydd ar ôl y sioc dechreuol o'i gweld hi'n eistedd yno, ar y garreg. Gwyddai fod rhywun yno cyn iddo ddod dros y bryncyn olaf oherwydd fod Mot, a oedd wedi cyrraedd y copa o'i flaen, wedi dechrau cyfarth. Rhaid ei fod yntau wedi gwenu pan welodd hi oherwydd dywedodd, ''Dech chi'n 'y nabod i heddiw, felly?'

'Fûm i rioed yn agos at goleg, Miss Gwilt. Pedair blynedd o ysgol, dyna i gyd, os medrwch chi alw rhywle'n ysgol oedd yn cadw plant i lawr rhag ofn iddyn nhw ddangos mwy o fflach na'u tipyn athro.' Ni chofiai pryd yn union y taflasai ei gôt ar y pridd du ac eistedd arni, ryw lathen oddi wrth y ferch. 'Alla i ddychmygu,' ychwanegodd, gan anwylo pen Mot, 'y bydde plant yn cael gwell cyfle i flaguro dan rywun fel chi.'

Yr oedd hi wedi gorffen ei brechdanau ac yn rhoi'r caead yn ôl ar y tun. Cawsai gynnig un ganddi yn gynharach ond nid oedd yn un am fwyta tameidiau rhwng prydau, meddai wrthi. Mewn gwirionedd, er nad oedd eto wedi sylweddoli hynny nac wedi gadael llonydd i'r syniad gymryd ffurf yn ei feddwl, yr oedd yn well ganddo edrych arni hi yn bwyta, cael cip ar y mymryn o anwastadedd yn y dannedd yn cau am y bara.

'Mi ges i bob cefnogaeth gan 'y nhad a mam,' meddai hi. 'Wrth gwrs, unig blentyn ydw i, a chithe—efalle—yn dod o deulu mawr?'

Parodd syndod iddi drwy godi'n sydyn, rhoi naid osgeiddig ar ei draed.

'Mae'n bryd i mi fynd. Mi fydd y wraig yn anesmwytho.'

Er hawsed yr ymddiddan, doedd arno ddim eisiau manylu am amgylchiadau ei fagwraeth. Nid y tro hwn. Nid y tro hwn? Pam dweud hynny? meddyliodd. Yn rhyfedd, doedd arno ddim eisiau iddi hi feddwl yn ddrwg ohono. Yr hyn yr oedd arno'i eisiau yn fwy na dim oedd iddi feddwl yn dda ohono.

'Wela i chi ddydd Gwener, 'te?' meddai hi.

Cododd ei aeliau.

'Ar y stesion,' meddai hi.

'Ie,' atebodd, ac wrth wisgo'i gôt yn penderfynu ychwanegu, 'falle na cha i mo'r anrhydedd o fod o wasanaeth i chi am fawr chwaneg. Cyn bo hir iawn dwi'n gobeithio y bydda i'n gallu rhoi'r gore iddi a mynd yn deithiwr fy hun.'

Rhyw brynhawn Mercher rai wythnosau'n ddiweddarach eisteddai Agnes wrth y ffenestr yn rhoi pwyth yn y peth hwn a'r peth arall. Fesul tipyn yr oedd yn gofalu bod dillad isaf George yn drwsiadus ar gyfer Caerdydd. Cyraeddasai'r llythyr bondigrybwyll yn datgan y dyfarnwyd iddo gymhorthdal o gan punt o'r Gronfa Elusen Frenhinol a bod y trefniadau mewn llaw ar gyfer pennu pensiwn Rhestr Wladol iddo er cydnabyddiaeth o'i wasanaeth i Lenyddiaeth Gymreig. Hwn oedd y llythyr y bu'n arswydo bob bore rhag ei weld yn cyrraedd, yn wir yn gobeithio na ddeuai o gwbl, mai rhyw freuddwyd ffŵl ydoedd nas gwireddid byth, a bu'r newydd, pan ddaeth, yn ergyd galed iddi, nid yn gymaint oherwydd y byddai'n fain arnynt—yr oedd wedi hen arfer â rhygnu byw— ond yn hytrach oherwydd dieithrwch y sefyllfa.

Hwnnw oedd yn boendod iddi. Priodasai ddyn y ffordd haearn, dyn a chanddo swydd oedd â phosibiliadau iddi. Byddai ei theulu yn gwaredu pe baent wedi byw i weld y dydd, i weld dyn yn rhoi'r gorau i'w waith er mwyn treulio'i fywyd ynghanol llwch llyfrgelloedd ac yn gadael i'w wraig edwino gartref. Wrth gwrs, gallai deithio gydag o—bu yng Nghaerdydd unwaith—ond byddai hynny'n golygu talu am lety i ddau a hithau heb fawr ddim i'w wneud drwy'r dydd. Roedd y landledi yn Llundain yn beth ffeind, meddai George—beth oedd ei henw hi, hefyd?—a swniai 'Cumberland Market' yn gyfeiriad digon gwledig. Dychmygai'r lle bob amser fel Stryd Fawr Llawr-cwm ar ddiwrnod ffair—ond doedd mo'i hangen hi yno a beth wnâi hi yn siarad Saesneg drwy'r dydd efo Mrs Jubber—dyna'r enw—tra byddai George wrth ei lyfrau a'r British Museum ar agor tan wyth o'r gloch y nos? A'r un fath yng Nghaerdydd. Cyfarfu â rhai o gydnabod George yno, dynion dinas, ffraeth eu parabl a'u gwragedd smart yn ferched pwyllgorau. Roedd y siopau yn hyfryd, wrth gwrs, ond doedd hi fawr o hwyl edrych ar y ffenestri o hyd ar ôl y wefr gyntaf, ar y *sailor hats* a'r costiwms a hithau heb fodd i'w prynu. Un diwrnod treuliasai beth amser yn cerdded yn ôl ac ymlaen yn cael ei themtio gan *toque* melfed coch nes iddi ddychwelyd i'r llety yn ddrwg ei hwyl. Na, byddai mynd gyda George, hyd yn oed petai'n ymarferol—a beth a ddigwyddai i Mot?— fel estyniad hir o'r Eisteddfodau Cenedlaethol. O, yr oedd yna adegau pan fwynhâi'r rheini, fel mynd ar y trên i Landudno ddwy flynedd yn ôl pan oedd George yn feirniad am y tro cyntaf, yn hytrach na chystadleuydd, a sefyll yng ngwynt y môr yn yr Happy Valley yn gwylio lliwiau llachar yr Orsedd a dillad y merched yn y dorf. Y fath hetiau! A George yn cael llawer o sylw wrth fynd o amgylch y maes. Ond sefyllian o gwmpas yn disgwyl amdano fo y bu hi tra siaradai o â hwn a'r llall am ei bethau ei hun. Diolch am gael gweld Betsi a Baldwyn ar y ffordd yn ôl i'r stesion. Roedd yna rywbeth yn famol yn Betsi. Byddai, byddai'n iawn ar ei phen ei hun tra byddai Betsi drws nesaf.

Cododd i roi'r tegell ar y pentan a mynd at y ffenestr i weld a oedd golwg o George. Roedd hi'n mynd yn hwyrach ac yn hwyrach arno'n dod am ei swper. Bu'n wahanol yn ddiweddar, nid yn rhadlon yn hollol—yn wir, roedd o'n fwy aflonydd o gwmpas y tŷ—ond roedd golwg hapusach arno. Wrth gwrs, roedd cynnwys y llythyr wedi'i blesio—ond ofnai Agnes nad dyna'r unig reswm am y newid ac mai cystal ei fod yn mynd i ffwrdd ar un ystyr, efallai—a bu'n gas ganddi weld y wên foddhaus ar ei wyneb pan agorodd yr amlen, gwên a droes yn un od, ddialgar hefyd rywsut wrth iddo orffen darllen a thaflu'r llythyr ar y ddreser.

'Leiciwn i petai Mam yn fyw,' meddai, 'iddi gael gweld 'mod i wedi llwyddo er ei gwaetha hi. Wel? Wyt ti ddim am ddweud dim byd, Agnes? Dim gair o longyfarch? Wyt ti ddim yn deall sut dwi'n teimlo? Dwi'n teimlo fel—fel taswn i wedi bod yn disgwyl am y foment hon ar hyd fy oes. Cael rhyddid i wneud rhywbeth o 'mywyd. Dim chwaneg o gowtowio i fyddigions y ffordd haearn. Wyt ti'n deall?' gwaeddodd gan afael yn ei dwy ysgwydd a'u hysgytio.

Cafodd fraw wrth glywed trwyn oer Mot ar ei llaw. Daethai George i mewn heb iddi sylwi.

'Lle fuost ti mor hir, George?'

Ni ddywedodd air, dim ond taro'i gôt ar bostyn y grisiau a mynd i eistedd at y bwrdd. Wrth iddi osod y tebot i lawr nid ymddangosai ei fod yn ymwybodol ohoni. Syllai ar y lliain a mymryn o haul diwedydd yn goleuo'i wyneb. Edrychai'n ddibryder a'i groen yn ddi-grych fel yr oedd pan gyfarfu ag o gyntaf.

Pennod 6

In fact, here and throughout his work his indefatigable industry and lucid method are beyond all praise . . . but if he cannot differentiate what is Geoffrey of Monmouth's from what is not, or treat of St. Patrick without citing a better authority than the Iolo MSS— then let him be silent on subjects of that class. If he has no comparatively new or original matter of his own or other to record, why say anything?

Yn ôl fel y gwelai Margo wrth yrru ymlaen gyda'r darllen roedd George ar dir diogelach wrth ymdrin â ffeithiau nag oedd ym myd y beirniad llenyddol neu'r hanesydd. Cariad at gywirdeb, amynedd diben-draw, roedd y rheini'n rhinweddau amlwg, ond doedd y treiddgarwch ddim yno na'r ehangder gwelediad. A doedd yna ddim gwres nac angerdd, dim personoliaeth, yn y sgrifennu. Ac eto, yn hytrach na gwangalonni roedd rhywbeth o'i mewn yn ei hanfon ymlaen. Roedd ei chwilfrydedd wedi'i atgyfnerthu'n rhyfedd ar ôl yr ymweliad â Llawr-cwm.

Ar y ffordd adref y diwrnod hwnnw roedd Bec wedi hepian gryn dipyn. Chawsai fawr o sgwrs ganddi. Yn wir, roedd fel petai hi wedi troi ei chefn ar Margo o'r funud y daeth allan o'r car yn Stryd Glandŵr; hi a Mac fel ei gilydd wedi cilio i'w byd eu hunain ac yn ymddwyn fel petaen nhw wedi anghofio amdani.

Doedden nhw ddim wedi ymdroi ar ôl hynny. Danfon Mac i Dy'n Rhedyn ac yn eu blaenau heb gwpanaid o de na dim. Bec eisiau cyrraedd adref cyn iddi dywyllu.

Rhywbeth ynglŷn â'r tŷ oedd o, a'u hagwedd tuag ato. Doedd dim posib dweud yn iawn. Ei hargraff ar y pryd oedd na hidient am fyw mewn tŷ oedd i lawr yn y pant, yng ngwaelodion y pentref. Genod Ty'n Rhedyn yn cofio amdanynt eu hunain fel ebolion mynydd ac yn gwaredu rhag y syniad o fod wedi'u caethiwo mewn stryd. Ond o dipyn i beth, fel y dywedodd wrth Math drannoeth, roedd hi'n dechrau amau tybed oedd yna reswm arall.

Penderfynodd y byddai'n rhaid iddi wneud rhywfaint o ymchwil i hanes bywyd George Aaron. Waeth befo am y chwilen o fynd at y llenor drwy ei waith. Nid y math yna o lenor oedd o, p'run bynnag. Doedd y dyn ei hun ddim yn ei draethodau.

Bu farw'n gynnar. Oedd yna rywbeth arwyddocaol yn hynny, dybed? Hanner cant ac un oed? Dim byd eithriadol, doedd bosib, yn enwedig yn yr oes honno. I'r eneth fach a safai wrth ei fedd efo'i thaid ymddangosai'n oedran teg, ond heddiw oed adnewyddiad oedd o iddi, oed pan ddaethai'r byd yn newydd sbon drachefn.

Ond yn groes i hynny i George, tybed? Oedd hi wedi dod yn nos arno am ryw reswm? Ai dyna oedd yn cyfri am agwedd Bec a Mac at y tŷ—ei fod wedi gwneud amdano'i hun, ac yn fanno? Os felly, peth rhyfedd na ddywedodd ei thaid wrthi, ond doedd o ddim yn beth i'w ddweud wrth blentyn, debyg, ac erbyn iddi gyrraedd ei harddegau roedd yr hen ŵr wedi marw. A Bec, efallai, yn cymryd yn ganiataol ei bod yn gwybod, os nad, yn wir, ei bod wedi anghofio mai dyna ddigwyddodd nes bod gweld y tŷ unwaith eto wedi ysgogi'r cof.

Adroddiadau o'r angladd a rôi'r wybodaeth iddi ac roedd yn meddwl y gwyddai yn lle i ddod o hyd i rai, ymysg y silffoedd stac yn nyfnderoedd llyfrgell y Coleg, lle y cedwid hen bapurau newydd ac wythnosolion. Teimlai gyffro wrth redeg i lawr y grisiau i'r gwaelodion a brysio heibio i'r myfyrwyr oedd yn aros eu tro wrth y peiriannau llungopïo. Bu yn y stac, fel y'i gelwid, o'r blaen; aethai yno am sbec yn ystod ei dyddiau cyntaf yn y llyfrgell a gwneud nodyn o beth oedd yno at ei phwrpas pan ddeuai'r amser cymeradwy i'w taclo yn unol â'i chynllun. Darllenodd y labeli ar dalcennau'r silffoedd metel er mwyn ceisio dod o hyd i'r papurau mwyaf tebygol. Tarodd y swits ymlaen a gwthio'r bwndel silffoedd ar hyd y rêls i wneud bwlch iddi gael stwffio'i hun i mewn rhyngddyn nhw, gan obeithio nad oedd yn bosib i ymchwilydd arall i lawr y lein eu symud yn ôl a gwneud brechdan ohoni. Gorweddai'r casgliadau o bapurau rhwng eu cloriau anferth ar y silffoedd fesul blwyddyn. Dewisodd ddau a ddylai ddweud rhywbeth wrthi. Roedden nhw'n ofnadwy o drwm a bustachodd i'w cario at y byrddau.

Ansoddair cynnil, cyffredinol, amhendant oedd gan y cyntaf i ddisgrifio ei farw — 'Marwolaeth alaethus', gan fynd ymlaen i ychwanegu, 'yn enwedig pan oedd gwaith mawr ei fywyd ar fin gorffeniad'. Ond yn y nesaf cafodd y ffeithiau yn blwmp ac yn blaen yn y penawdau bras— 'Sensational Tragedy in North Wales' ac oddi tano, 'Suicide of a Welsh Celebrity'.

Meddyliodd am y bedd wrth wal y fynwent. Dyna pam yr oedd yno, ar y cyrion.

'Hai, Margo,' meddai Selin pan gyrhaeddodd y Felin. 'Tyd i ista fan hyn. Symuda i i fyny at Gwerful.'

'Wel, wel, ôn i'm yn disgwyl eich gweld chi yma, Gwerful.' Roedd hi'n meddwl ei bod wedi dychwelyd i Loegr am ddegawd arall.

'Mae 'na reswm,' atebodd Gwerful, a oedd wrthi'n torri'r crystiau oddi ar ei brechdanau tiwna ar blat oedd yn llawer rhy fach, a'i chyllell yn treiddio at y doili odanodd.

'Sut mae'r llyfr yn mynd, Margo?' gwaeddodd Cadi o'r pen arall i'r bwrdd.

Gwyddai fod y cwestiwn yn un diffuant. Roedd Cadi yn hen hogan iawn, gonest a di-lol; anodd deall beth welodd ei gŵr hi yn yr eneth ifanc yna. Roedd pawb wedi tewi, criw o ryw saith neu wyth heddiw, ac yn edrych yn ddisgwylgar tuag ati ond doedd dim pwynt iddi fynd i fanylu am ei thrafferthion.

'O, sefyll yn ei unfan, mae gen i ofn.'

Efallai y câi wybod mwy gan Bec ar ôl cinio ynglŷn â beth oedd wedi dod dros George Aaron. Sym hôps, mae'n siŵr. Ac eto, fel arfer byddai'n barod iawn i siarad yn blaen ar faterion marwol-aethol a genedigaethol, pynciau maes llafur nyrs ardal. Rhyfedd iddo wneud y fath beth ar y fath amser, pan oedd ei lyfryddiaeth, ei *magnum opus*, yn dod ymlaen mor dda. Pam gadael y ras ac yntau'n ennill?

'Paid â disgwyl i mi ei ddarllan o pan ddaw o allan,' meddai Gwerful. 'Ddarllenis i'r un llyfr Cymraeg ar ôl gadael yr ysgol.'

'Well iti ddechra gneud rŵan,' meddai Selin, 'os wyt ti am ddod yn ôl yma i fyw.'

'O? Be 'di hyn?' gofynnodd Margo. 'Ydw i 'di colli rhywbath?'

'Dyna ôn i am ddeud,' meddai Gwerful. 'Meddwl prynu tŷ wrth eich hymla chi gyd ydw i.'

''Dan ni am fynd rownd dau neu dri o dai pnawn 'ma,' meddai Bela.

'Ges i list ohonyn nhw gin yr *estate agent* a mae 'na un dwi'n ffansïo'n arbennig—un o'r tai bach del 'na ar waelod yr allt sy'n troi am Tŷ Tŵr.'

Edrychodd Margo ar y gyflafan o grystiau a phersli a doili ar blat Gwerful.

'Ydi pawb eisio coffi?' gofynnodd rhywun.

Clywai Margo sŵn chwerthin ym mhen draw coridor hir Plas Tirion fel y cerddai ar hyd-ddo i gyfeiriad y llyfrgell, pwl o chwerthin genod a llais Beatrice yn mynd trwy'i phethau.

'"I went to take tea at the vicar's"—Oh, hello, dear.'

'Do go on, please.'

'What, dear?'

'You were reciting one of your limericks, Beatrice,' meddai Ada, 'all about vicars and knickers and things.'

'Was I, dear? Blowed if I can remember. Ah, well.'

Aeth Margo draw i'r gornel at Bec.

'Tyd â'r gader 'ne rownd, 'mach i. Mae'n syrpreis neis dy weld ti.'

'Eisio gneud yn siŵr nag oeddach chi ddim gwaeth ar ôl y trip i Lawr-cwm.'

'Dim mymryn gwaeth. Dwi'n meddwl 'mod i

wedi mynd i 'ngwely'n gynnar, ond diwrnod ardderchog.'

'Oedd hi'n braf gweld Bodo Mac eto'n doedd?'

'Mac druan. Dwn i ddim be fase Dad bach yn ddeud tase fo'n gweld y sietin 'ne.'

'O, doedd o ddim yn ddrwg o gwbwl. Ella'r eith Math a finna i lawr rywbryd i'w farbro fo iddi hi.'

'Dyna chi, Margo fach.'

'Ddaru chi fwynhau mynd o gwmpas yr hen le unwaith eto?'

'Mae o wedi mynd yn lle diarth iawn i mi erbyn hyn, ysti. Dwi'n nabod fawr neb yno rŵan. Saeson ydi llawer ohonyn nhw, medden nhw, ac yn y fynwent mae'r rhan fwya ôn i'n nabod. Fuoch chi yno'n do, ti a Mac?'

'Do, do, yn hen fynwent yr eglwys, yndê?'

'Yn gweld bedd pwy, dywed? O, bedd Nain, siŵr—be sy haru mi?'

'A bedd George Aaron.'

'O ia, ia, wrth ymyl un fy nain o dan yr ywen fawr.'

'Wedyn mi aethon ni i weld tŷ George Aaron, 'dach chi'n cofio?'

'Wrth gwrs 'mod i. Nesa at siop Baldwyn a Betsi.'

'Fasach chi ddim yn byw yno am bensiwn, medda Bodo Mac a chitha.'

'Daen ni byth yno at Mrs Aaron i hel at y genhadaeth, ysti, pan oedden ni'n blant. Mynd heibio bob tro heb sôn dim y naill wrth y llall ein bod ni am wneud hynny.'

'Am ei fod o 'di lladd ei hun yn y tŷ?'

Edrychodd Bec arni a nodio'i phen yn ara deg fel

y gwnâi pan nad oedd wedi clywed yn iawn a heb eisiau cyfaddef hynny.

'Roedd o'n ddigwyddiad mor drist, wyt ti'n gweld.'

Roedd hi wedi clywed, felly.

'Wedi dod dros anawstere bore oes. Plentyn siawns, magwraeth dlawd, addysgu'i hun. Dyn mor glefer, wedi gweithio mor galed, medde Dad bach. Ymlwybro o gwm i gwm, i bob cartre, tlawd a chefnog, oedd yn hynod am ei stôr o hen lyfre. Mi wyddost ti am ardal Llawr-cwm, y cymoedd cul, serth 'ne, a'r nentydd 'ne i gyd yn rhedeg i lawr i'r dyffryn. Dêr, pan aen ni adre o'r capel ar nos Sul yn y gaea, dene welen ni'n mhob man—lanterni'n dringo'n igam-ogam i fyny'r cwm yma a'r cwm acw a mi wydden ni pwy oedd yn eu cario nhw i gyd. Cymdeithas wasgarog—a chlòs iawn yr un pryd.'

'Yn y West Arms oedd y cwêst, yn ôl y papura.'

'O, mi fuo 'ne gwêst? Do, debyg. Lle da am ginio, medden nhw. Dwi'n gweld nhw'n adferteisio yn y papur bro 'ne mae Mac yn ei anfon imi weithie pan fydd 'ne hanes am rywun dwi'n nabod, angladde ran fwya.'

'"Committed suicide whilst temporarily insane" oedd o'n ddeud.'

Nodiodd Bec ei phen mewn ffordd bell eto. 'Cymdeithas glòs.'

'Dwi'm yn dallt y peth, ysti, Math,' meddai Margo y noson honno pan oedden nhw'n ymlacio o flaen y tân gyda photel o win. 'Rhoi diwadd arno'i hun pan oedd petha'n dechra mynd yn grêt iddo fo.'

73

'Wel, mae e 'di rhoi fflach yn y llygaid tywyll 'na am y tro cynta.'

'Yn union, mae 'na ryw ddirgelwch yn'o fo rŵan. Mae 'na fwy iddo fo, yn does, na'r dyn call, trymaidd hwnnw—o, teilwng iawn, wrth gwrs, mae'n siŵr—oedd er hynny'n ymddangos braidd yn ddiddychymyg, rhaid i mi ddeud. Ges i lot o fanylion yn y papura newydd 'na, sti. Oedd o 'di rhoi'r gora i'w waith, wedi cael Pensiwn Rhestr Wladol. Roedd o'n rhydd i fod yn sgolor amserllawn. Cyflawni'i hun. Gwireddu breuddwyd, mae'n siŵr. Felly, pam lladd ei hun? Doedd o mo'r teip rywsut.'

'O, sa i'n gwybod. Pan nad oes rhwystyr does dim esgus, nagoese?'

'Be wyt ti'n feddwl?'

'Does 'ne ddim byd i roi'r bai arno wedyn, nagoese, os na lwythith pethe?'

'Mm. Well i ti sgwennu'r llyfr 'ma, dwi'n meddwl.'

'Fi? Fi sgrifennu llyfr am *male chauvinist* fel George Aaron? Dyn oedd yn gwneud ymchwil Sul, gŵyl a gwaith? Beth am ei wraig e, druan, yn gwneud dim byd ond tendio arno fe fel petai e'n lodjer?'

Gwenodd Margo ar y fflamau o'i blaen.

'Byth yn cael mynd ar ei gwylie,' ychwanegodd Math, 'achos ei fod e'n gorfod treulio pob muned sbâr mewn rhyw lyfrgell neu'i gili.'

'Tybed? Ella'i bod hi'n mynd efo fo. Tocynna rhad ar y trên, ti'n gweld—*perks* y joban. 'Dan ni'n gwbod dim byd amdani hi, a deud y gwir—wel, yndan, mi rydan ni—doedd Bec ddim yn hidio amdani.'

74

'Ah, the plot thickens.'

'Ia. Math, wyddost ti be? Dwi'n dechra meddwl mai be ddyliwn i neud ydi sgwennu nofel amdanyn nhw.'

Ymdaflodd Margo i'w gwaith yn llyfrgell y Coleg gyda mwy o afiaith yn ystod y dyddiau nesaf. Daliai i gyrchu ymlaen â'r rhaglen ddarllen a osododd iddi'i hun ond roedd y syniad o sgrifennu nofel yn hytrach na bywgraffiad beirniadol-lenyddol neu beth bynnag yn apelio ati'n fwyfwy, y math o nofel oedd yn seiliedig ar ddetholiad o ffeithiau a'r dychymyg yn llenwi'r mannau tywyll, problemataidd. Bu'n pendroni dros awgrym Math mai dyn wedi'i orchfygu gan faint y dasg oedd George. O gofio'i ddyfalbarhad a'i ddygnwch roedd o'n ddyn uchelgeisiol iawn ond roedd y math o waith a wnâi yn gofyn am gywirdeb manwl, am y gallu i weld cysylltiadau pethau, am safonau ac ehangder meddwl gwŷr dysg, a hynny gan leygwr digefndir. Efallai iddo sylweddoli na allai gyrraedd y nod. A bod y cyfle a'r rhyddid a roesai'r Pensiwn Rhestr Wladol ac yn y blaen iddo wedi dwyn oddi arno unrhyw esgus dros dan-gyflawni. Ia, ac y byddai'n siomi ei wraig—byddai hynny'n pwyso'n drwm ar ŵr yn oes Fictoria yn enwedig—ac yntau wedi gobeithio gwneud argraff arni ar ôl yr holl aberthu a chrafu. Y cynllun mawr wedi troi'n fethiant.

Un pnawn rhoes Margo'r gorau i'r darllen a'r sgrifennu er mwyn ymuno â Math ym mhrif adeilad y Coleg. Roedden nhw ill dau wedi cael eu gwadd i achlysur arbennig yn Siambr y Cyngor, sef dadorchuddio portread o un o hoelion wyth y sefydliad. Roedd hi'n ddiwrnod braf a haul tyner diwedd pnawn yn ymwthio trwy chwareli bach sgwâr y ffenestri tal ac yn hidlo gwawl academaidd oesol ar y llenni brocêd a'r muriau panelog a'r clystyrau cynnar o ymgomwyr petrus yn sipian eu te.

Ynghanol y stafell fawr, fel brenin yn cynnal ei lys, eisteddai gwrthrych y darlun, ac âi pawb ato yn eu tro i'w gyfarch. Fel yr âi'r amser heibio deuai chwaon o chwerthin, a gynyddai bob yn hyn a hyn yn rhyferthwy afieithus, o'r cylch canolog hwn. Dim ond enw fu'r gŵr i Margo hyd yma ac ymddangosai yn berson allblyg, gwritgoch, hwyliog, hoff o'i gynulleidfa. Llanwodd y stafell i'w hymylon maes o law a thyfodd yr hwbwb cyffredinol hyd nes i rai sylwi bod y Prifathro yn sefyll ger y portread gorchuddiedig yn barod i ddweud gair o gyflwyniad a theyrnged yn ei ddull taclus, derbyniol. Wrth iddo ddirwyn i ben hoeliodd pawb eu llygaid ar y darlun yr oedd ar fin ei ddadorchuddio. Fel y disgynnodd y llen melfed gwyrdd oddi ar y cynfas yn ei ffrâm aur tybiai Margo iddi glywed rhyw ochenaid torfol di-sain bron, rhyw anadlu cegrwth cyn i'r curo dwylo dorri allan. Roedd y dyn yn y llun mor ddwys a difrifol, yn llwyd ei wedd, yn swil hyd yn oed, mor wahanol i'r un oedd yn fyw o'u blaenau. Ac eto roedd yn llun da, crefftus.

Troes pawb at yr hambyrddau achubol o win a sudd oren. Edrychodd Margo am Math er mwyn cael ei farn o. Roedd wedi'i golli o yn y dorf ond gwelai Selin a Celt yn gwneud amdani. Roedd cyfeillion yn hel at ei gilydd er mwyn cael siarad yn blaen dan eu gwynt.

'Mae Math yn siarad efo'r arlunydd,' meddai Celt, 'neu o leia mi roedd o gynnau.'

'Waw! Faswn i'm yn gwbod be i ddeud wrtho fo,' meddai Selin, 'ond mi fasa Math yn siŵr o allu ymdopi'n iawn.'

'Ges i fraw pan welis i'r llun, mae'n rhaid i mi ddeud,' meddai Margo.

'Ia, busnes goddrychol ydi dehongli,' meddai Celt.

'Tyd, wir,' meddai Selin, 'awn ni i ddiolch i'r Prifathro a hel ein traed. Welan ni chdi, Margo.'

Edrychodd Margo o'i chwmpas eto drwy'r dorf a'r tro hwn fe welai Math wrth ymyl un o'r drysau yn sgwrsio'n bybyr, yn ffyrnig bron, â merch dal, bryd tywyll, a gwallt hir ganddi, oedd yn chwifio'i dwylo yn ddramatig wrth siarad. Erbyn iddi wthio'i ffordd tuag atyn nhw roedd y ferch wedi diflannu. Fe'i gwelodd drachefn, fodd bynnag, ar y grisiau mawr pan oedd Math a hithau ar y ffordd allan. Ond aeth heibio iddyn nhw'n frysiog heb ddweud gair o'i phen.

Pennod 7

Y ffordd rwy'n darllen llythyr yw—
  Yn gyntaf—cloi fy nôr
A'i wthio—gyda chledr llaw—
  Cyn datod clo dy stôr—

A darllen—mor anfeidrol wyf
  I un—ys gwn pwy yw?—
A'r geiriau gwyllt yn atsain—
  Lle nad oes neb a'u clyw.

Cerddai George Aaron yn dalog ar hyd un o balmentydd Caerdydd yn meddwl am ei waith mawr llyfryddol yn ymagor o'i flaen. Âi ei gyfrol gyntaf rhagddi'n foddhaol ac yr oedd wyth cyfrol gynhwysfawr arall yn yr arfaeth, camp oedd o fewn cyrraedd iddo'n awr.

Troes i mewn i Trinity Street a newid tempo ei gerddediad i ryw ddawns fach er mwyn osgoi'r dadlwytho boreol y tu allan i'r Farchnad Ganolog newydd ar y dde iddo, i mewn ac allan yn rhythmig bron rhwng y dynion cyhyrog, chwyslyd a gludai'r cynnyrch ffres i mewn i'r neuadd fawr olau. Ei nod oedd adeilad arall, y Llyfrgell Rydd uchel, sgwâr oedd o'i flaen yn awr ar y chwith, a'i hurddas llym yn fynegiant o falchder dinesig a dyledus barch at ysgolheictod.

Dringodd y stepiau i'r cyntedd a phetruso ennyd. Gallai fynd i fyny'r grisiau llydain yn syth o'r cyntedd i'r Adran Gymraeg ond dewisodd fynd ffordd arall heddiw, trwy'r drws bach ar y chwith a agorai ar goridor bwaog, teilsiog oedd yn reiat o liw ac yn gyferbyniad trawiadol i arddull glasurol gweddill yr adeilad. Cerddodd ar ei hyd o dan y bwâu addurniedig, rhamantaidd a rhwng y muriau ceramig a ddarluniai ddiléits y Pedwar Tymor.

Wedi cyrraedd ei ddesg eisteddodd i aros am y llawysgrifau a'r cyfrolau y gwnaethai gais amdanynt ymlaen llaw. Pwysodd yn ôl yn ei gadair gan gydio yn y bwrdd â'i ddwy law. Dyma fo, George Aaron, wrth ei briod waith! Bu hwn bob amser yn foment gwefreiddiol iddo, y saib dechreuol, beichiog hwn cyn dechrau ar y chwilota a'r gwyro a'r copïo gofalus. Gallai weld y llyfrgellydd yn y pen draw yn rhoi trefn ar y pentwr o lyfrau a bocsys wedi'u clymu â llinyn ac yn cychwyn tuag ato. Gwenodd y dyn arno wrth ddynesu fel petai'n weinydd yn un o westyau'r ddinas yn cario hambwrdd o fwydydd amheuthun at y bwrdd. A'r funud honno gwyddai George nad oedd archwaeth ganddo at y gwaith.

Beth amser wedi i'r dyn gilio tynnodd amlen o'i boced a'i dal yn ei law am rai munudau a'i drem yn oedi dros y llawysgrifen gain, agored oedd arno, llaw a roddai ryw harddwch newydd i'w enw. Yr oedd wedi ymfalchïo yn yr enw hwnnw erioed; o'i fachgendod tybiodd ei fod yn ei godi ben ac ysgwydd uwchben cyffredinedd gwerinol enwau'i gyfoedion yn yr ysgol, ei fod yn enw a haeddai sylw ac a alwai am enwogrwydd. Ond yn awr edrychai yn dynerach enw wedi ei anwylo gan gydymdeimlad—ofnai hyd yn oed yn awr fentro'r gair 'cariad'—y cydymdeimlad yr amddifadwyd ef ohono o'i grud. Syllodd ar gylchoedd llawn y llafariaid ac artistri haelionus y llaw a daenodd ei enw yn, ie, yn garuaidd dros las y papur, y llawysgrifen a ddaethai mor gyfarwydd iddo yn ystod yr wythnosau diwethaf mewn llythyrau a gyfnewidiwyd yn ddirgel yn yr orsaf. Dyma'r cyntaf a ddaethai trwy'r post. Ysai am ei agor unwaith yn rhagor, er y gwyddai bob gair ohono ar ei gof, ond ymataliodd. Yr oedd rhywfaint o fynd a dyfod rhwng y byrddau a hyd yn oed oddi cartref fel hyn ni allai ddiosg y nerfusrwydd a ddaethai yn sgil y cyfarfyddiad ysgytwol hwnnw ar y fawnog. Wrth godi ei olygon i gyfeiriad y llyfrgellydd teimlai fod hwnnw yn hyllio'n ddrwgdybus arno ac ar y sampl llonydd o ddysg y ganrif oedd yn dal i orwedd yno, yn union fel y'i gosodwyd ganddo ar y bwrdd.

Estynnodd gyfrol a dechrau cofnodi. *The Mythology and Rites of the British Druids; ascertained by National Documents and compared with the General Traditions and Customs of Heathenism . . .* Fy anwyl George, Ysgrifenaf hyn o lythyr wrth eistedd ar ein carreg ar y Foel, ymhell o bresenoldeb llygadog Miss Owen . . . *As illustrated by the Most Eminent Antiquaries of our Age.* Rhoeswn y byd am gael clywed Mot yn tuchan wrth redeg tuag ataf dros ael y bryn. *With an Appendix containing Ancient Coins. By Edward Davies, Rector of Bishopton.* Bydd yn ddyddordeb genych glywed fy mod innau yn ddygn gyda fy ngwaith ymchwil yng nglyn â'n gwyliau gyda'n gilydd. Ddoe wrth roi gwers ar lynnoedd Cymru daeth Llyn Syfaddan i fy meddwl . . . *London: printed J. Booth, Duke Street, Portland Place. 1809.* Fy anwyl Annie . . . *8 plyg (Royal), 642 + 6 = 648 o dudalennau.* Fy anwyl Annie . . . *Ceir yn y gwaith hwn ymdriniaeth fanwl ar y testyn.*

Darllenodd drwy ei gopi. A oedd wedi cofio'r

stops? A'u rhoi yn eu hunion le? Perffeithrwydd, rhaid cael perffeithrwydd. Ond ni allai ymatal yn hwy. Rhwygodd ddalen o'i nodlyfr a dechrau ysgrifennu.

Fy anwyl Annie,

Yr wyf yn dra, dra diolchgar i chwi am eich llythyr. Daeth i'm llonni wrth fy nhasg o lenwi bylchau—neu *lacunae* fel y dywedwn ni'r ysgol-heigion!—rif y gwlith yn fy rhestr. Darllenais ef ganwaith ac eisoes y mae ar gof a chadw gennyf. Anfonaf ef yn ol atoch gyda hyn o lythyr ac erfyniaf arnoch ei gadw dan glo yn yr ysgol, fel y dywedasoch wrthyf y gwnaethoch gyda fy rhai i atoch chwi. O lythyrau dedwydd yn cofleidio yn y dirgel nos!

Cyrhaeddais dudalen *foolscap* 2415 yn fy Llyfr-yddiaeth a, Duw a ŵyr, fy ngobaith ydyw ychwanegu cannoedd atynt cyn gorffen, neu cyn iddo fy ngorffen i!

Y mae meddwl amdanoch ar lethrau Llawr-cwm yn bleser ac yn boen. Yn boen oherwydd y pellter sydd rhyngom; yn bleser oherwydd y gwahaniaeth a wnaeth y cyfarfyddiad cyntaf hwnw i fy mywyd. Pwy a ddisgwyliai am y fath beth, nes ei ddigwydd? Yn sicr, nid myfi. Pwy a ddisgwyliai weld y fath brydferthwch 'mewn mownog yn y mynydd'? Rhyfeddod yr annisgwyliadwy! Credaf i mi ddywedyd wrthych wedi hyny, yn fy ffordd drwsgl fy hun, i chwi fy ngalluogi i dreiddio i mewn i feddwl bardd. Ac am hyny byddaf ddiolchgar i chwi tra byddwyf. Cofiaf i chwi chwerthin am fy mhen ar y pryd—yn eich ffordd garedig—O, mor garedig—eich hun, ac i minnau dewi, fel y gwnaf yn awr. Daw dydd yn fuan pan gawn hamdden i siarad. Edrychaf ymlaen at brofi o ffrwyth eich gwaith ymchwil!

Ydwyf yr eiddoch,

Geo. Aaron

O.N. O ail-feddwl, ydwyf, yr ydwyf am ddywedyd wrthych fy mod wedi dechreu troi fy llaw at farddoni fy hun, rhyw dameidiau ymarferiadol, dim mwy na hyny hyd yma, yn fawr disgleiriach na golau gwantan y gannwyll wrth fy mhenelin yn fy llofft yn y llety pan fwyf wrthi. Ni fwriedir hwy i weld goleu dydd. Mynegiant—bregus—ydynt o'r llawenydd dan fy mron. Geo. A.

Nid oedd neb yn digwydd bod yn y siop a manteisiodd Agnes Aaron ar y cyfle i ysgubo'r llawr er nad oedd fawr o angen gwneud hynny. Ar ddyddiau fel hyn ofnai nad oedd eisiau help ar Baldwyn a Betsi ac mai dim ond eu caredigrwydd hwy a'i cadwai yno. Wrth gwrs, peth braf oedd gweld ei chownt yn tyfu yn y post. Er ei bod yn trin ei harian yn ddigon dethau, man a man cael rhywbeth wrth gefn.

Gofynnwyd iddi gynorthwyo ar ddiwrnod Ffair yr Ha i ddechrau gan y byddai'r siop dan ei sang o fore gwyn tan nos, a hynny er bod digonedd o stondinau yn llawn nwyddau o boptu'r Stryd Fawr lydan o un pen i'r llall. Llawr-cwm oedd canol-bwynt y cymoedd a thu hwnt ar ddiwrnod ffair. Cyn i Betsi bicio draw un noson 'i ofyn cymwynas' nid edrychai Agnes ymlaen at y diwrnod mawr.

Yr oedd miri o'ch cwmpas yn gallu dwysáu unigrwydd.

Ers rhai wythnosau sylwasai Betsi Thomas ar gyflwr ei chymdoges. Yr oedd hi a Baldwyn yn gyfarwydd â chlywed sŵn codi lleisiau yn dod o'r drws nesaf ambell waith ond dichon y byddai Agnes yn ffeirio mudandod y dyddiau presennol am y troeon trystiog hynny. Ni alwai fawr o neb yno. Gallai dynes ddi-blant fod yn bur unig ac oni bai am y siop y mae'n bosib y byddai hithau wedi cael yr un profiad. Dim plant o gwmpas y bwrdd, na ffrindiau plant yn taro i mewn, dim rhieni ffrindiau yn sefyll ar ben drws yn trafod y pynciau sydd ynghlwm â phlant. Nid un o'r ardal oedd Agnes, chwaith, gydag aelwydydd perthnasau ganddi i fod yn hy arnynt. Fwy nag unwaith wrth hongian dillad ar y lein yn yr ardd rhwng y ddau dŷ gwelsai Betsi hi drwy gil ei llygad yn sefyll fel drychiolaeth yn ffenestr y llofft, nes un bore iddi sodro'r fasged ddillad ar fwrdd y gegin dan drwyn ei gŵr.

'Baldwyn, mae'n rhaid i ni wneud rhywbeth ynglŷn ag Agnes Aaron. I be 'den ni yma, neno'r dyn, ond i leddfu poene'n gilydd? Mae golwg arni fel tase hi heb gysgu'r un brentyn drwy'r nos. Fedrwn ni ddim rhoi tipyn bach o waith iddi hi tu ôl i'r cownter?'

'Ond, Betsi fach, dyden ni'n gallu gwneud yn iawn ein hunain? 'Den ni ddim yn graig o bres ac mae digon o nerth braich gennon ni eto, gobeithio, er ein bod ni'n dechre tynnu 'mlaen. A pheth arall, Betsi fach, dwi ddim yn siŵr ydi hi'n llythrennog ai peidio.'

'O, mae ganddi ryw grap ar y llythrenne, Baldwyn, siŵr o fod, ond nad ydi hi ddim yn yr un cae â Mr Aaron, wrth gwrs, fe ŵyr pawb hynny. A does dim rhaid ei rhoi hi i wneud y bilie. Tacluso'r silffoedd—mae ei thŷ hi fel pìn mewn papur, cofia—edrych ar ôl y siop pan fydd Asarïah Lloyd yma, pethe felly, a phan fydd Mr Baldwyn Thomas J.P. yn gorfod bod yn y llys yn y dre.'

'Ie, ie, ond mae'n rhaid cynnal tipyn o sgwrs mewn siop, on'd oes? Braidd yn ddi-ddweud ydi hi.'

'Wel, fydd ganddi hi fwy o fynedd efo mân-siarad merched na thi. Wneiff hi mo dy roi di yn y shêd ar byncie mawr y dydd, dwi'n cyfadde, a chystal hynny, mae'n siŵr. Fyddi di'n dal i allu rhoi dy ddelw ar y cyfarfodydd diwylliadol yng nghornel y cyrn brethyn.'

'Dene fo 'te, Betsi fach. Ti yw'r bòs.'

'Miss Owen, pnawn da. Be ga i wneud i chi?'

'A, Mrs Aaron, chi sy yma heddiw. Wedi taro mewn i dalu 'nyledion yr ydw i. Fydda i bob amser yn leicio talu'r hen cyn cyrchu'r newydd, fel bydde Mam annwyl yn hoff o ddweud.'

'Mi a' i i nôl Mrs Thomas o'r cefn atoch chi.'

'Na, na, does 'ne ddim brys,' ac eisteddodd i lawr ar y gadair wrth y cownter yn barod am sgwrs. 'Ôn i'n clywed mai yma roeddech chi. Yn ceisio cael dau ben llinyn ynghyd.'

'Mae'n well gen i fod fan hyn na chadw lodjer, mi rown ni o fel 'na. Oes yna rywbeth y medra i estyn i chi tra 'dech chi'n aros?'

'Na, dim byd heddiw, diolch i chi. Fydd dim

angen cimin o neges arna i gyda hyn tra bydd fy—
lodjer i ffwrdd dros wylie'r ha. Mr Aaron i ffwrdd
hefyd, mae'n debyg, ein cludydd llengar? Wel, na,
dydi hynny ddim yn gywir bellach, nagdi? Ein
crwydrwr llengar, falle?'

'Agnes,' gwaeddodd Betsi, yn dod i mewn ar
frys, 'mae'n bryd i chi fynd neu fydd y post wedi
cau.'

'Mae digon o amser—'

'Ewch chi, 'merch i. Mi ddelia i efo Miss Owen.'

I Miss Owen yr oedd proffesiwn yr ysbïwr yn sicr o
fod wrth fodd calon yr Arglwydd, yn ddigon
teilwng i fod at wasanaeth cewri'r Hen Destament
ar lawer achlysur i ddwyn Ei bwrpas mawr i ben.
Bu'n rhoi dau a dau gyda'i gilydd ers tro a bron â
marw o eisiau cael gwybod a oedd eraill wedi bod
yn gwneud yr un peth. Weithiau deuai Miss Gwilt i
mewn, ar nosweithiau Mercher gan amlaf, a
phinnau'i gwallt wedi llacio'u gafael a thameidiau
o rug wedi glynu ar *serge* ei sgert. Fe'i dilynodd cyn
belled â'r bompren unwaith, a rhyw ddiwrnod pan
ddeuai George Aaron adref—os deuai adref byth—
fe fentrai gyn belled â'r Foel. Yr oedd yn anodd
dweud a oedd Mrs Aaron yn amau rhywbeth ond
yr oedd y fflach yn llygaid Betsi Thomas wedi
cadarnhau ei bod ar y trywydd iawn.

Syllai George Aaron yn synfyfyriol drwy ffenestr ei
lofft yn y gwesty. Gwelai ran o'r llyn mawr yn y
gwastadedd o'i flaen a dau neu dri o gychod
pysgota arno o hyd er ei bod yn dechrau nosi.
Yfory huriai yntau gwch a rhoi cynnig arni. Draw

i'r dde, nid nepell o'r lan, yr oedd yr ynys fechan. Prin y gellid ei chanfod yn awr, ond yno yr oedd hi.

Yr oedd amser swper wedi pasio yn well na'r disgwyl ac yr oedd yn falch ei fod wedi anfon at Annie i ddweud wrthi am ddod yn ddiymdroi gan fod popeth yn iawn. Ymddangosai ei gyd-letywyr yn gwbl 'ddiogel'. Pysgotwyr oeddynt ran fwyaf, ac o'r tu hwnt i Glawdd Offa—gorau'n byd o safbwynt Annie ac yntau—ac ambell un yno gyda'i wraig. Daethai George â gwialen bysgota gydag o ar y trên er mwyn cael ei dderbyn fel y fisitor arferol i'r ardal a medru ymdoddi i'r cwmni bychan hamddenol.

Digwyddodd dau ohonynt fod ar yr un trên ag o, dau glerigwr oedd hefyd yn hynafiaethwyr brwd ac wedi dod i astudio'r ynys, neu'r crannog, fel y dysgodd ei galw, hen aneddle o'r oesoedd tywyll a adeiladwyd fel dinas noddfa yn y llyn. Disgwyliai gwas bach y gwesty amdanynt yn y gyffordd fechan y tu allan i'r pentref. Gofalodd am eu paciau a'u cyfeirio at y ferlen a thrap oedd yn aros yn yr iard. Yn ffodus, cymerodd y crannog feddiant o'r sgwrs bron yn syth.

'Stockaded island, don't you know . . .'

Edrychodd George ar yr olygfa wledig o'i gwmpas a'r Bannau yn y pellter. Byddai Annie wrth ei bodd. Yr oedd hi wedi dewis yn dda o blith y llyfrau teithio.

'. . . marvellous engineering skill of the builders. Layers of brushwood, tree trunks, earth, stone, all retained by stakes and surrounded by a palisade . . .'

Bu'n hapus i eistedd yn ôl i gael ei annerch. Petai'n teithio fel ysgolhaig, ar drywydd llyfr neu lawysgrif, byddai wedi ymateb yn eiddgar a chyfrannu at y sgwrs ond nid felly'r oedd pethau ac yr oedd yn bryderus.

'. . . might have given rise to the legend of the submerged city in the lake . . .'

Eu gwyliau cyntaf! Na, yn wir, gwell oedd swatio yn anhysbys yn ei gornel.

'. . . safe haven in troublous times.'

Amser swper, dan arolygiaeth Mrs Jones, perchennog rhadlon y gwesty, daeth i deimlo yn ddigon cartrefol i'w holi am y pysgota.

Penhwyaid yn bennaf oedd yn y llyn, meddai hi.

'And immense pikes at that, and a bit of tench.'

'But it's these fellows I'm used to,' atebodd, gan roi pwniad i'r brithyll ar ei blât â'i fforc.

'Ah, you'll find them in the river Llynfi but not in the lake, although the river runs into it and right through it. It's a funny thing. Better put some practice in before your wife comes. I do hope she can manage it. She'd love it here, I'm sure.'

Trodd George yn awr oddi wrth y ffenestr at y gwely mawr pres dan ei orchudd damasg gwyn a chael cip ar lun pob-siâp ohono'i hun yn nisgleirdeb y postyn. Aeth draw at y bwrdd gwisgo i edrych yn y glàs, drych rhydd wedi ei osod ar ganol y lliain gwyn, a rhoes blwc i'w ffrâm o bren rhosyn nes gweld ei hun yn iawn. Tynnodd ei law dros ei wallt a hedodd ei feddwl at yr wyneb hawddgar a adlewyrchid ynddo maes o law, a'r gwallt tonnog a lifeiriai dros y gobennydd brodiog a welai y tu cefn iddo.

Dywedasai wrth y landledi fod rhyw amheuaeth ynglŷn â dyfodiad ei 'wraig'. Esgus noeth am fod arno eisiau gwneud yn siŵr yn gyntaf nad oedd yno neb yn y gwesty yn debygol o'u hadnabod. Yr oeddynt wedi cytuno i ddewis lle diarffordd ond hyd yn oed wedyn yr oeddynt yn mentro.

O gwyn eich byd—aneddwyr y cranogau—
Yn cledru rhag gelynion y tir mawr.

'Don't forget to listen for the church bells,' gwaeddodd Mrs Jones ar ei ôl wrth iddo fynd am y llyn y bore trannoeth. 'They're particularly lovely when you're on the lake.'

O'r diwedd yr oedd ar ei ffordd wedi iddi ei gadw'n siarad am hydoedd. Daethai â'i becyn brechdanau iddo yn bersonol er bod rhai pawb arall wedi'u gadael ar y bwrdd yn y cyntedd a'u henwau arnynt. Yn amlwg yr oedd ei gwesteion eraill yn hen lawiau ac wedi bod yno droeon, ond yr oedd wedi cymryd y newydd-ddyfodiad o dan ei hadain. Yr oedd yn rhyfeddol fod y gwesty mor lân a threfnus a hithau mor barod i ymddiddan ar garreg y drws. Ond doedd dim posib peidio â chymryd ati a'i dull diffwdan. Yn wahanol i'w landledi yng Nghaerdydd nid oedd yn un am adael nodiadau bygythiol ar hyd y lle. Yr un ar y drws ffrynt oedd yr unig rybudd a hwnnw yn un digon derbyniol, ar i bawb dynnu eu *sea-boots* cyn dod i mewn a'u gadael o dan y sêt lechen yn y portsh. Byddai Annie hithau wrth ei bodd gyda'r rhyddid ar ôl goruchwyliaeth waharddol Miss Owen.

Ar ganol y llyn pwysodd ar ei rwyfau. Yr oedd yn llyn maith ac yntau heb fod yn rhwyfo ers tro, ond yr oedd Annie, a gafodd ei magu yn yr Aber, yn giamstar arni, a'i syniad hi yn bennaf oedd treulio gwyliau o'r fath. Pan ddeuai hi byddai popeth yn dda. Yr oedd y wlad yn braf—ambell dŷ ffarm gwyn ynghanol clytwaith eang o gaeau yn ymestyn o'r glannau isel brwynog hyd at y llechweddau tyner cyntaf. Yn wahanol i fel yr oedd hi yn Llawr-cwm yr oedd y mynyddoedd mawr yn bellach i ffwrdd, yn gefndir mawreddog yn hytrach nag yn gwasgu arnoch. O amgylch y llyn yr oedd y tirwedd yn agored ar wahân i un man lle y disgynnai bryn yn serth at draeth graeanog. Yr oedd yn olygfa hardd ac eto yr oedd rhyw awyrgylch melancolaidd yn hofran dros y wlad. Efallai oherwydd y chwedl. Mrs Jones oedd wedi adrodd y stori'n llawn wrtho ac unwaith yr oeddych wedi clywed am y ddinas goll o dan y dŵr yr oedd yn anodd anghofio amdani. Yn sicr, ar fore cymylog fel hwn ni ellid osgoi'r teimlad o golled oedd fel petai'n nodweddu'r lle. Ond byddai presenoldeb Annie yn trawsnewid popeth. Byddai hi'n siŵr o fwynhau edrych am y perllannoedd a'r porfeydd gwelltog y taerai Mrs Jones eu bod i'w gweld yn nyfnderoedd gwyrdd y dŵr. Roedd y gwyrddni yn taro dyn, meddai, ond weithiau byddai'r lliw yn newid a'r cerrynt yn britho'r gwyrdd â rhimynnau coch fel gwythiennau o waed. Arwydd oedd y newid lliw fod rhywbeth rhyfeddol ac ofnadwy am ddigwydd cyn bo hir.

Yr oedd hi'n iawn am y clychau, beth bynnag, meddyliodd, wrth i'r nodau ddechrau taro yn beraidd ar wyneb y dŵr a chrynu oddi tano hefyd rywsut. Sylwodd fod y gwynt wedi codi a'r tonnau yn crychu'r llyn. Penderfynodd wneud ymdrech i rwyfo'n nes at yr ynys fechan a dechrau genweirio yn ei chysgod. Efallai y gallai weld olion o grefft adeiladu hen aneddwyr y llyn yno a chael rhyw sylwebaeth i gychwyn sgwrs amser swper yr un pryd.

Pan gyrhaeddodd Annie ar y trên, yr oedd George ar fin estyn am ei bagiau pan ruthrodd porter y Western Valleys Railway rhag blaen i'w cipio oddi arni. Gwenodd y ddau ar ei gilydd.

Pennod 8

My Dear Sir,

I beg to thank you for your communication of the 22nd inst. But perhaps you will permit me to point out that I require a full and accurate copy of the title page, stops and all. Some omit the stops, thereby making their work useless. Then after a blank line I require a note containing the size (folio, 4to, 8vo, etc. etc.), pagination, date and as many other particulars as possible. And as a rule I add the colophon in my note for the sake of the student of Typography. I want to make my work more useful than a mere catalogue. Pardon my prolixity.

I remain
Yours very faithfully,
Geo. Aaron

P.S. I need not say, I am sure, that I am deeply obliged to you for the interest you take in my Bibliography. I hope by the time it is completed to see it numbered amongst our national works. Geo. A.

Roedd hi ymhell ar ôl Dolig pan aeth Math i dorri'r clawdd yn Nhy'n Rhedyn. Y syniad oedd y byddai Margo yn mynd i lawr i'r Llyfrgell Genedlaethol yr un pryd a'i adael o gyda Bodo Mac, ond oherwydd fod arni eisiau mynd trwy'r defnyddiau yn y Coleg yn gyntaf, i gael gorffen efo'r rheini cyn hel chwaneg o stwff, fe aeth yr amser. Ac roedd yn araf wrth y gwaith gan iddi ddechrau cael blas ar gynllunio'r nofel; arhosai gartref yn aml i geisio gwneud braslun ohoni ar y prosesydd geiriau.

Bu'n meddwl un tro y byddai'n well awgrymu i Bodo Mac ei bod yn cael rhywun o'r pentref i drin y gwrych rhag rhoi trafferth i Math.

'Na, na, wy'n edrych ymlaen at weld Llawr-cwm eto,' mynnai yntau. 'Mae 'da fi awydd gwneud llun o'r lle ryw dro.'

Dim ond unwaith y bu yno. Ar eu ffordd yn ôl o Ffrainc oedd hynny, rhyw benderfyniad sydyn ar ran Margo i fynd allan o'u ffordd rywfaint er mwyn cael dangos Math i Bodo Mac, yn lle ei bod hi'n cael popeth yn ail-law oddi wrth ei chwaer o hyd. Roedd Math wedi dotio efo'r lle, at wyrddni llachar y dolydd a chysgodion du'r nentydd a'r cymoedd, y *chiaroscuro*, chwedl yntau.

'Mae mor ddramatig, on'd yw e, yr holl ardal? Wyt ti'n ei deimlo fe?' meddai bryd hynny.

'Wrth gwrs 'mod i. Deimlis i o rioed er pan ôn i'n blentyn, o'r funud yr awn i i lawr rôler côster y Bwlch ac ar 'y mhen iddo fo fel petai.'

'Cofia newid gêr pan ddoi di at y Bwlch,' meddai yn awr pan oedden nhw ar eu ffordd i Lawr-cwm o'r diwedd.

'Hei, hei, hei! Dwyt ti o bawb ddim yn colli dy cŵl, does bosib?' meddai Math.

'Pwt o rybudd, 'na i gyd, wrth dy fod ti'n o ddiarth i'r lle.'

Rŵan eu bod nhw'n agosáu roedd yn dechrau poeni braidd am y trefniadau, am sut y deuai Math ymlaen efo Bodo Mac drwy'r dydd.

'Dwi'n gobeithio byddi di'n iawn. Mae hi'n gallu

bod yn reit od weithia, 'sti. Dwi'n cofio unwaith pan ôn i'n fach i mi ddigwydd ei gweld hi'n drochi'n noeth lymun yn yr afon fach islaw Ty'n Rhedyn.'

'So?'

'Plentyn ôn i, cofia, a phobol mewn oed yn dipyn o ddirgelwch, mae'n debyg. Wnes i ddim deud wrth neb, ddim hyd yn oed wrth Mam.'

'Mae rhywbeth yn serîn yn Mac fel tithe, dyna 'nharodd i pan weles i hi. Digon hawdd gweld eich bod chi'n perthyn.'

'Wna i 'ngora i fynd drwy'r petha'n reit handi yn Aberystwyth.' Doedd gan Math ddim teulu agos iddi orfod dygymod â nhw ac felly cymerai agwedd fwy sensitif. 'Gofist ti ddŵad â *sketch-pad* efo ti rhag ofn y byddi di wedi laru?'

'Do, do. Margo, cariad, wy'n lico dod i nabod dy deulu di. Bydd Mac a finne'n iawn. Ewn ni lawr i'r caffi 'na i gael cin'o.'

'Wyt ti am fentro yng nghar Mac? Dydi o fawr o beth, cofia. Ryw ddau gant y flwyddyn mae hi'n neud yn'o fo a mae hynny bron â bod yn ormod iddo fo—nôl a 'mlaen i'r pentra nesa i'r capal ar bnawn Sul ac i'r dre amball waith i gael gneud ei thraed.'

'Wy'n dishgwl ymlaen. Cymer di dy amser fel mynnot ti.'

'Ar y chwith i fyny fan hyn mae'r ysgol. Gwyliwch chi rŵan, Math, mae'n dipyn o dro a dydi'r hen gar ddim wedi bod yma erstalwm. Dyna ni. Mae'n braf cael *chauffeur*.'

Roedd Bodo Mac yn mwynhau dangos Llawr-cwm i Math. Yn wir, bu yn ei helfen o'r dechrau.

'*High life* eto!' dywedasai wrth eistedd i lawr yn y caffi. 'Ond mi ga i gymyd fy amser heddiw. Dwn i ddim be sy haru Bec, bob amser ar ryw hâst gwyllt fel tase hi'n byw yn Birmingham o hyd.' Gwenodd ac edrych i gyfeiriad y bwrdd nesaf. 'Be mae'r rheina'n gael, deudwch? Mae o'n edrych yn neis.' Symudodd gudyn tenau oddi ar ei boch a'i stwffio dan y cwlwm crwn o wallt brith ar ei gwar. 'Wrth gwrs, fel 'ne mae'r bwyd ar y bwrdd nesa o hyd, 'nde? Fel tasen nhw 'di'i dallt hi'n well na ni.'

''Dych chi ddim wedi dewis 'to. *Lasagne* maen nhw'n gael. Ŷch chi am beth?'

'Wel, yndw, am wn i. Mae rhywun yn blino ar ryw gawl dragwyddol. Ydech chi am *guided tour* wedyn?'

Ar ôl cinio buont yn sefyll ar y bompren yn edrych am frithyll. Roedd yr afon yn heigio efo nhw erstalwm, yn ôl Mac, ond heddiw welson nhw ddim un. Ac erbyn hyn roedden nhw wedi cyrraedd yr ysgol.

'Fuon ni ddim yn fan hyn pan ddaeth Margo, ond Bec oedd *in charge* y pnawn hwnnw.'

Brysiodd Math i helpu'r hen wraig o'r car ond roedd yn rhy hwyr. Roedd hi'n fain ac yn ystwyth ac wedi dechrau cerdded at un o ddrysau'r ysgol.

'Fan hyn oedden ni'n mynd i mewn. Welwch chi "Girls" uwchben y drws? Meddyliwch amdanon ni, Bec a finne'n bethe bach yn cerdded bob cam o Dy'n Rhedyn ym mhob tywydd.' Edrychodd i fyny at un o'r ffenestri. 'Honna oedd stafell Mr Edwards, y prifathro ddaeth yma'n newydd pan oedden ni'n blant. Dyn smart. Ffeind iawn hefyd. Gaen ni i gyd orenj gynno fo Dolig. A châi neb ffrae gynno fo am fod yn hwyr. Doedd o'n gwbod am y pellter oedd gynnon ni i gyrredd yno o gwbwl o'r cymoedd 'me i gyd?' Safodd y ddau mewn distawrwydd i fyfyrio ar y moelydd yn gylch o'u cwmpas. Uwchben roedd y cymylau'n crynhoi. 'Mhen blynyddoedd mi gymerodd o dŷ Mrs Aaron, ar ôl ei dyddie hi. Ei weld o'n dŷ del, debyg, ac yn reit gyfleus at bob peth.' Croesodd at y wal isel o flaen yr ysgol a phwyntio i'r chwith. 'Fanne mae o, o'r golwg yn y pant. Fedren ni mo'i ddallt o'n mynd i fanne. Ond dyn dŵad oedd o, a gorffennol y tŷ yn golygu fawr ddim iddo fo, debyg. Fedrwch chi ddim gweld y stesion chwaith o fan hyn ond i lawr ar y dde yn fanne mae hi, ar waelod y cae 'ne tu draw i'r boncen.'

'Mi allech chi glywed y trêns felly wrth wneud eich syms?'

'O, gallen. Ac mae'n debyg y galle hithe'u clywed nhw hefyd.'

Arhosodd Math am esboniad. Oedd hi'n golygu bod Mrs Aaron yn clywed y trenau o'r tŷ? Roedd Bodo Mac yn rhythu arno'n od braidd a dechreuodd anesmwytho.

'Y hi,' meddai o'r diwedd, 'wyddoch chi? Y hi—Miss Gwilt. Miss Annie Gwilt. Oeddech chi'n meddwl 'mod i'n dechre drysu? Mi roedd hi,' meddai gyda phwyslais fel petai'n cymryd rhan mewn drama ar lwyfan, 'yn athrawes—yn fam'me. Cyn ein hamser ni oedd hynny. Roedd hi wedi hen fynd erbyn i ni ddechre yn yr ysgol. Welod Bec a finne rioed moni ond mi roedd hi'n lodjo efo Miss Owen yn Stryd Glandŵr. Oedden ni'n nabod Miss Owen yn y capel. Ringlets hir gynni hi a hithe'n tynnu 'mlaen erbyn hynny, reit siŵr. Ond doedd y gwallt byth yn newid. Welwch chi do'r West Arms rhwng y coed? Wrth ymyl fan'ne oedd hi'n byw. Roedd 'ne goeden mynci-pysl yn yr ardd bryd hynny ac mi fydde Bec a finne'n cael y gigls yn capel weithie wrth edrych ar ei ringlets hi—methu penderfynu oedden nhw'n wallt iawn neu'n dameidie o'r mynci pysl wedi'u blacledio. Bobol, mae'n dechre bwrw, Math. Well i ni 'i throi hi. Lwcus eich bod chi 'di gorffen torri'r sietin cyn cinio.'

'Diwrnod da?' gofynnodd Math pan oedd Margo ac yntau'n gyrru adref drwy'r glaw.

'Ddim yn ddrwg ar y cyfan. Dim byd cyffrous yn union, ond bod cerddad i mewn i'r adeilad 'na'n gyffro ynddo'i hun rywsut. Dwi'm yn siŵr am y tu allan—wyt ti? Ydi'r crandrwydd yn rhy ddinesig i dre fechan? Ond am y tu mewn, mae 'na ryw goethder di-gwafars yna, popeth yn chwaethus, a'r gwaith coed yn fendigedig. Fasa George wedi bod wrth ei fodd yno.'

'Wy'n credu y bydde fe'n hoffi'r tu fas, êd. Mae'n siŵr ei fod e wedi'i wefreiddio gan y B.M. a'r Bodleian pan welodd e nhw gynta, ac mae'r Llyfrgell Genedlaethol yr un mor uchelgeisiol ac aruchel. Mae'n adeilad sy'n gwneud datganiad, on'd yw e, ar y bryn 'na, ac yn dal i wneud er gwaetha'r tryblith o flocie sy wedi cwnnu'u penne o'i gwmpas e. Dyw'r rheini, hydno'd, ddim wedi medru'i amddifadu fe o'i arwahanrwydd ysblennydd.'

'I feddwl y galla George fod wedi hawntio'r Stafall Ddarllan 'na fel ysbryd tasa fo wedi byw i fod yn hen fel ei wraig. Ella y byddwn i 'di teimlo'i bresenoldeb o yno wedyn. Ond mi ges i weld ei sgrifen o, beth bynnag, am y tro cynta.'

'A mae llawysgrifen i fod i ddweud rhywbeth am gymeriad, medden nhw.'

'Dyna sy'n od. Ôn i'n disgwyl gweld rhyw sgrifen grablyd, y math o beth fasat ti'n ddisgwyl gin rywun oedd yn gneud gwaith mor fân ac wedi dysgu'i hun i fod yn sgolor mewn ysgol galad. Ond hollol fel arall oedd hi—sgrifen lefn, artistig hyd yn oed.'

''Na fe, ti'n gweld. Falle nad wyt ti ddim yn ei nabod e. Falle'i fod e'n fwndel o hwyl.'

'Wel, mae'n amlwg fod gynno fo beth wmbrath o ffrindia yn Gaerdydd, a'r rheini wedi ypsetio'n arw yn ôl y papura newydd. Mi roedd 'na gasgliad o bapura Caerdydd yn Aberystwyth, fel y basat ti'n ddisgwyl, ac adroddiada reit lawn yn'yn nhw am y drychinab. Mi roedd George wedi bod yn gweithio yn Gaerdydd am rai wythnosa, 'ddyliwn i, ac wedi mynd adra i Lawr-cwm gyda'r bwriad o ddŵad yn ei ôl 'mhen 'chydig o ddyddia, yn ôl un o'r ffrindia oedd yn adrodd yr hanas, a hwnnw wedyn yn disgrifio fel roedd o 'di mynd i'r Llyfrgell Rydd yn Gaerdydd y noson ar ôl clywad fod George wedi lladd ei hun, a dyna lle'r oedd ei lyfra fo'n dal ar y bwrdd yn fanno yn ei alcof arferol yn union fel y gadawodd o nhw, a'r pìn sgwennu'n—'

'Yr ysgrifell.'

'Ia'r hen ysgrifell ddiwyd yn gorwadd ar dudalen wedi'i gadael ar ei hanner fel tasa fo'n mynd i ddŵad yn ei ôl unrhyw funud.'

'Felly rhaid mai rhywbeth ddaeth drosto fe'n sydyn oedd e.'

'Ia. O, a pheth arall, oedd o 'di bod yn cael cinio efo ffrind y Sul cynt ac wedi troi fyny mewn top-côt newydd at y gaea. Roedd petha fel 'na'n mynd at galon rywun rywsut—hynny a gweld y copi llawysgrif o'i Lyfryddiaeth o, yr holl waith trylwyr 'na yn y sgrifen dlos. Dwi'm yn meddwl ein bod ni'n iawn i feddwl mai colli hyder ddaru o; roedd y sgrifen yn llifo'n sicir ei chyfeiriad dros y dalenna, yn llawn hyder—gwaith dyn oedd yn amlwg wedi darganfod ei gryfder.'

'Oedd 'na lythyre?'

'O, beth wmbrath ohonyn nhw.'

'Personol?'

'Y? Na, na, dim byd fel 'na, mwya'r piti. Rhyfadd i ti ofyn achos holis i'n arbennig ynglŷn â hynna. Fydda hi 'di bod yn braf dŵad ar draws rhywbath felly gan ei fod o'n sgwennwr mor amhersonol fel arfar—'

'Llythyre personol ato fe ôn i'n feddwl.'

Edrychodd Margo arno.

'Na, na. Dega o lythyra ffurfiol gynno fo oeddan nhw, at awduron a chasglwyr llyfra, i gyd yn gofyn yr un peth, fwy ne' lai. Oedd o byth yn 'laru, dywad? Eisio gwybodaeth am gyfrola a chylchgrona, eu maint nhw, y plyg, y dyddiad ac ati, ac yn rhoi cyfarwyddiada digon swta iddyn nhw, fel tasan nhw'n rhyw gids bach, am beidio ag anghofio'r stops ac yn y blaen nes 'mod i jest â gweiddi, "*Gerr-a-life*, George".'

'Falle 'i fod e.'

'Mm?'

'Wel, yn—be oeddet ti'n awgrymu.'

'Wyt ti'n trio deud rhywbath?'

'Wel y—' Petrusodd rhag esbonio 'i hun yn iawn oherwydd synhwyrodd nad oedd Margo wedi gorffen bwrw trwyddi. 'Wel y—mae 'na ramant mewn ysgolheictod, siŵr o fod, yn y manion 'na; mae rhai o'r hen ddalenne teitl 'na'n ddiléit, y *colophons* pert 'na ar y—'

'Wyt ti'n gwbod be ddaru 'nharo i? Doedd 'na ddim atebion i'w lythyra fo yna, dim ond ei lythyra fo'i hun at bobol erill, a nhwtha a digon o barch ato fo i fod wedi'u cadw nhw, ac eto fasa fo'n siŵr o fod wedi'u storio nhw'n ofalus, dyn mor barticlar â George.'

'Mrs Aaron, wyt ti'n meddwl, wedi gwneud coelcerth fawr ohonyn nhw?'

'Synnwn i ddim. Mae'n rhaid nad oedd gynni hi ddim syniad fod ei gŵr hi'n dipyn o foi. Bobol annwyl, Math, am law!'

Bu'n glawio'n drwm er pan oedd Math a Mac yn sefyll wrth yr ysgol. Wedi hynny bu Math yn trin rhywfaint ar gar Bodo Mac yn y garej tra oedd hithau'n edrych allan am oleuadau car Margo yn dod i fyny'r lôn fach. Gynted ag y clywodd sŵn yr injan yn stopio mynnodd fod Math yn mynd at y llidiart i'w chyfarfod er mwyn iddyn nhw gael mynd adre'n syth o fanno ac arbed i Margo ddod allan yn y glaw trwm. Cawsai Math yr argraff fod yr hen wraig wedi cael digon ar gwmni am y tro ac yn ysu am fynd yn ôl at grwndi undonog y cathod.

'Math, mae'n ddrwg gin i, dwi 'di bod yn siarad gormod. Ar George mae'r bai. Ond mae'n braf, mor braf, cael rhywun i wrando. Wyt ti'n werth y byd, ti'n gwbod hynny? Hei, ges i gip ar y gwrych.

Oedd hi wedi'i phlesio? A gest ti amsar i ddechra gneud *sketch* o'r lle i mi cyn y glaw?'

'Dim cyfle o gwbwl. Bodo Mac eisie dangos *high spots* Llawr-cwm i mi. Gan gynnwys yr ysgol.'

'O, paid â deud, mi gest ti'r stori honno am Miss Stedman yn ei hanfon hi ar negas i'r siop am *two-pennyworth-of-swedes-can-you-remember-that-Maglona*? A rhoi papur llwyd a chortyn iddi i fynd efo hi a hitha'n dŵad yn ei hôl efo gwerth dwy geiniog o dda-da. O, os clywis i honna unwaith—'

'Na, na, dim byd am Miss Stedman. Glywest ti ddim am—O, sori, nawr wy'n gweld pwynt y stori, cariad—ond clyw, gwranda nawr, wy wedi bod bron â thorri 'mola eisie dweud hyn wrthot ti—glywest ti ddim am Miss Gwilt, Miss Annie Gwilt?'

'Miss Gwilt? Na, chlywis i rioed mo'r enw. Be amdani hi?'

'Yn ôl Bodo Mac roedd hi'n athrawes yn yr ysgol yn amser George Aaron. Aeth hi'n reit od am funed fel tae hi'n 'y nhrio fi mas i weld wyddwn i rywbeth amdani hi ac wedyn gaeodd hi'i cheg ac fe ddaeth y glaw. Ond synnwn i ddim nad yw hi Miss Gwilt yn rhan o dy stori di, 'raur.'

'Waw! Dyna pam laddodd o'i hun! Methu gwbod sut i ddatrys y broblem drionglog.'

Edrychai Margo ymlaen at wau gwe sidanaidd cariad o amgylch George ac Annie. Ni wyddai neb yn well na hi am bŵer serch, am effaith drydanol trawiad y fellten. Yn achos George druan roedd wedi troi'n chwerw, mae'n rhaid, ond cyn i hynny ddigwydd cawsai brofiad, gobeithio, o flasu bywyd i'r eithaf.

Awgrym Math oedd wedi rhoi'r wedd hon ar bethau a phenderfynodd fynd i lyfrgell y Coleg i ailddarllen rhai o'r adroddiadau am farwolaeth George ac unrhyw erthyglau amdano a ymddangosodd wedi hynny rhag ofn ei bod wedi colli rhyw gyfeiriad cudd at ei fywyd personol. Aeth â phentwr ohonyn nhw gyda hi i stafell ddarllen wahanol i arfer, un fwy modern a fyddai'n gynhesach o bosib a hithau'n fore braidd yn oer. Roedd ganddi hefyd syniad yn ei phen y byddai'r symud safle yn ei hysbrydoli ar ddechrau trobwynt newydd yn hanes George. Hidlai'r heulwen gwyn drwy riciau'r bleinds ar y ffenestri tal gan daflu pelydrau eglur yn llinellau lletraws ar wynebau a dillad y myfyrwyr. Yma roedd y *clientele* yn wahanol ac ymddangosai iddi hi fod y lle yn llawn o gariadon, yn rhannu can o ddiod neu'n sibrwd rhywbeth a barai i'r naill wenu ar y llall. A phob un ar y byrddau hirion yn byw, yn symud ac yn bod o fewn y stribedi cannaid a thywyll neu fel petaen nhw'n nofio'n araf mewn byd tanfor.

Aeth ati i ddarllen. Ysgrifau yn coffáu George oedden nhw, ambell un hefyd yn cloriannu ei gyfraniad i lenyddiaeth Gymraeg. Ond ni soniai'r un ohonyn nhw, hyd yn oed yn anuniongyrchol, am fodolaeth Miss Gwilt. Doedd dim argoel o'r berthynas i'w synhwyro rhwng y llinellau er iddi chwilio pob gair yn ofalus am ensyniadau. Nid na fedrai ambell ysgrifwr fod yn ddi-flewyn-ar-dafod. Roedd yn ddigon hawdd gweld nad oedden nhw ddim i gyd yn ffans i George, yn enwedig y rhai mwyaf ysgolheigaidd yn eu plith. Hyd yn oed yn fuan iawn ar ôl ei farw doedden nhw ddim i gyd wedi teimlo'r rheidrwydd i gadw at weddustra'r hen air clasurol *de mortuis* i ddweud dim ond y da amdano. Roedd rhai yn ganmoliaethus ac yn llawn cydymdeimlad ond eraill yn ddigon parod i ladd ar ddyn a ymroesai i ddarllen nofelau o duedd niweidiol ac a oedd wedi datgan ar goedd ei fod yn gyfarwydd â gweithiau'r anffyddiwr, Charles Bradlaugh. Dichon, yn wir, nad oedd y weithred o hunanladdiad yn wrthun i un o'r fath. Ond dim un awgrym pellach o ymddygiad anfucheddol. Mae'n rhaid fod George ac Annie wedi llwyddo i gadw'u cyfrinach neu fod Llawr-cwm wedi cadw arnyn nhw, y mynyddoedd clòs wedi amddiffyn eu stori rhag y byd.

'Mae'n rhyfadd tydi,' meddai Selin, 'yn enwedig pan 'dach chi'n meddwl sut mae'r hen fandal Amsar wedi trin Camilla P-B dros y blynyddoedd? Hai, Margo! Gelli di feddwl am bwy 'dan ni'n siarad.'

'*Chas* a *Di*, pwy arall?'

'A Camilla,' ychwanegodd Gwerful.

'O, ia, a Camilla, siŵr iawn. Sori 'mod i'n hwyr.'

'Newydd gyrradd 'dan ni i gyd. Wyt ti 'di glychu?'

Erbyn amser cinio daethai i dywallt y glaw. Rhyw dywydd fel yna oedd hi, heulwen a chawodydd trymion bob yn ail. Roedd y traffig yn drwm o gwmpas y dref wrth i Margo gychwyn am y Felin yn y car, yn symud a pheidio drwy'r strydoedd cul. Ar un pwynt arhosodd y llif ceir yn gyfan gwbl am rai munudau a bu'n gwylio'r cerddwyr ar y pafin yn osgoi ei gilydd wrth fynd heibio dan gysgod ambarél neu dan ddal eu pennau i lawr yn erbyn y tywydd. Sylwodd ar y ferch yn nesáu oherwydd ei bod hi'n wahanol, ei hosgo a'i hymarweddiad yn gwneud iddi sefyll allan. Cerddai fel petai yn tywynnu haul, ei hysgwyddau'n syth a'i hwyneb fymryn ar i fyny, nid yn mwynhau'r glaw fel rhywun dan gawod yn y stafell 'molchi yn cael gwefr wrth deimlo'r diferion grymus yn bywiogi'r croen ond yn hytrach fel petai'n anymwybodol ei bod yn glawio o gwbl. Ni wisgai gôt law ac ni faliai am y diffyg. Daliai i gerdded gyda chamau breision rheolaidd heb frysio na rhoi lle i gerddwyr eraill, yn ei siwt dywyll gymen, gwta, a'i choesau cadarn, gosgeiddig yn camu'n sicr yn y sodlau uchel. Yna ar ganol hwrdd sydyn o symud ymlaen yn y car meddyliodd Margo, yn enwedig wrth gael cip ar gefn y gwallt du hir drwy'r drych gyrru, fod rhywbeth yn gyfarwydd ynddi. Onid y hi oedd y ferch yn y Coleg y diwrnod hwnnw pan ddadorchuddiwyd y paentiad? Edrychodd eilwaith yn y drych a'i gweld yn troi i mewn i un o'r rhes tai mawr Fictoraidd gerllaw.

'Twt, dwi 'di colli hynny o fynadd oedd gin i efo'r diawlad,' meddai Bela, 'yn gneud sôn amdanyn o hyd.'

'Ia, ond,' meddai Cadi'n bwyllog, 'be sy'n ddiddorol i mi ydi fod Charlie 'di gneud y gwrthwynab i'r rhan fwya o ddynion, tydi? Wyddoch chi be dwi'n feddwl—O, olreit, ella 'mod i'n fwy sensitif ar y pwnc—ond mae'r hen Garlo 'di creu problem i mi—'blaw am ei deyrngarwch o i'r wrach 'na, faswn i'm yn gorfod ei lecio fo o gwbwl.'

'Miss Gwilt? Chlywes i rioed mo'r enw, Margo fach.'

Roedd Bodo Bec yn ei stafell y pnawn hwnnw. Gorweddai ar y gwely yn cwyno gan boen yn ei choes.

'Dwi'n disgwyl Matron i roi *massage* iddi. Twt, dydio'n ddim byd mewn gwirionedd ond bod Matron yn mynnu.' Rhoddai ddyledus barch i'r gair 'Matron' bob amser drwy rym arferiad. 'Na, chlywes i rioed mo'r enw. Miss Stedman oedd efo ni. Wyt ti'n ei chofio hi? Dipyn o hen sturmant.' Weithiau wrth fynd yn ôl i'w phlentyndod roedd fel petai'n anghofio pwy oedd ei nith yn iawn, yn meddwl amdani fel ei chwaer, mam Margo, o bosib, neu yn annelwig fel un o'i hen gyfoedion. 'Dêr, dwi'n cofio Dad bach a finne'n chwerthin pan ddaru Miss Stedman anfon Mac am—'

'Bodo Mac ddeudodd wrth Math am Miss Annie Gwilt, ei bod hi'n athrawes yn ysgol Llawr-cwm cyn i chi'ch dwy ddechra mynd yno.'

'Ia, wel, rhaid iti gofio 'mod i wedi gadel cartre'n ifanc i ddod â babis Birmingham i'r byd 'ma. Tipyn o gyfrifoldeb i nyrs fach ifanc. Choeliet ti ddim pa mor dene oeddwn i pryd hynny. Saith stôn oeddwn i ac yn edrych fel geneth. "Wel, os ydech chi'n meddwl 'mod i'n rhy ifanc i fedru gwneud y gwaith", meddwn i wrthyn nhw pan ewn i i ambell dŷ a gweld y sioc ar eu hwynebe nhw wrth agor y drws, "perffaith ryddid i chi anfon am rywun arall," meddwn i, "ond mi alla i'ch sicrhau chi 'mod i wedi pasio'r arholiade i gyd." '

'Athrawes yn yr ysgol pan oedd George Aaron yn fyw oedd Miss Gwilt.'

'O, honno? Honno wyt ti'n feddwl? O ie, athrawes

oedd hi. Dôn i ddim yn cofio'r enw. Mac sy'n gwbod yr hanes, ti'n gweld, yn well na fi. Adre efo dy daid yr oedd hi am flynydde a fynte wedi dweud mwy o'r manylion wrthi hi, mae'n debyg. Chydig iawn o wylie gawn i. Roedd o'n waith caled bod yn midweiff—y pryd hynny'n 'te? Cael 'y ngalw allan yn y nos. Cnoc ar y drws a mynd efo nhw ar hyd strydoedd cefn y ddinas fawr—fase neb yn ei wneud o rŵan. Wŷr nyrsys heddiw mo'u geni. A dwi'n cofio un fam yn gofyn i mi be oedd f'enw i, finne'n deud "Rebecca"—er mai "Buddug Mary" oedd mam wedi meddwl gael fel enw—ond mae Rebecca'n reit neis, on'd ydi o? "Wel, mi alwn ni'r lodes fach 'ma ar eich hôl chi, nyrs," medde hi.' Edrychodd i gyfeiriad y drws. 'Mae Matron yn hir braidd.'

Cododd ac eistedd ar erchwyn y gwely.

'Lodes fach oedd y babi, sti.' Roedd wedi mynd i sibrwd fel petai'n ofni i rywun ei chlywed. 'Ond wn i ddim mwy na hynny. Mi fydde Mac a finne'n meddwl weithie tybed sut un oedd hi wedi iddi dyfu i fyny. Oedd hi'n glefer fel ei mam a'i thad? Wedi'r cyfan mi roedd 'ne dipyn yn ei ben o, on'd oedd? A hithe hefyd wedi cael coleg.'

Agorodd y drws a daeth Matron i mewn.

'Ah, Matron, here we are. You know my niece?' gofynnodd wrth i Margo godi i fynd.

Dechreuwyd ar y tylino yn syth.

'That's right, Matron, always commence with effleurage.'

Pennod 9

Rhed fy afon—atat ti—
  Lyn y brwyn
  A'r gerddi swyn—
O derbyn fi!

Casglaf ffrydiau'r fawnog ddu—
  O fannau cêl
  Cwpanau'r mêl—
A'u rhoi i ti—

Anfon ateb, li' wrth li'—
  Rhwng dy lannau
  Dan y bannau—
Cymer fi!

Llamodd George Aaron i fyny stepiau'r Amgueddfa Brydeinig, gan chwalu'r colomennod. Croesodd y cyntedd eang disglair a'i furiau lliwgar o goch a glas dwfn a'i nenfwd coffrog wedi'i addurno ag aur. Camodd yn dalog heibio i'r grisiau mawreddog ar y chwith iddo a mynd yn syth yn ei flaen at y Ddarllenfa Gron lle y teimlai mor gartrefol erbyn hyn. Wrth y ddesg ganolog llanwodd y ffurflenni cais yn fwriadus gan nodi fod y Goruchwyliwr, meistr y syrcas, yn ei le arferol yn goruchwylio'r cyfan, golygfa frawychus iddo ar un amser ond daethai i wybod mai dyn addfwyn, diymhongar ydoedd dan ei het silc, a'i stôr o ddysg ar gael i unrhyw holwr.

Eisteddodd yn ei hoff sedd i aros am ei lyfrau, yn ymwybodol o'r gromen aruchel o las yr awyr uwch ei ben ac o'i amgylch, yn ei gofleidio â'i harddwch, yn gwneud astudio odani yn bleser synhwyrus ac esthetaidd. Rhoes ei draed ar y beipen a redai o dan y bwrdd hir o un pen i'r llall—yn y gaeaf yr oedd wedi ei gwresogi a chadwai ei draed yn gynnes—a phwyso'n ôl ar ei gadair, yn edrych ymlaen at fwrw iddi o ddifrif ar ôl y gwyliau ger y llyn, y dyddiau hynny na allai feddwl amdanynt ond yn nhermau barddoniaeth. Mordwyo yn Eden . . . Gwelai Annie yn awr yn ei feddwl yn cymryd y rhwyf, yn sbriws yn ei gwyn, a llewys byrlymus, pryfoclyd ei blows yn cyferbynnu â ffurfioldeb y tei du a orweddai'n glòs a sydêt am ei gwddw, a'r wyneb tyner dan lymder y bôter am ei phen. O, am angori! . . . Pan hedai'i feddwl yn ôl fel hyn deuai'r awydd i daro rhyw bytiau brau ar dameidiau o bapur, beth bynnag a ddeuai i law.

Ar ôl y gwyliau bu adref yn Llawr-cwm am ychydig cyn dod i Lundain am fis cyfan. A daethai Annie gydag ef. Ni roesai dim yn y byd fwy o bleser iddo na'i chlywed yn dweud ei bod am ddod, ei bod am dreulio Awst ar ei hyd yn ei gwmni, ei gyhoeddi'n syml—O mor syml fel petai o'r peth mwyaf naturiol yn y byd—yn y cwch a hwythau wedi angori, a'i llaw yn dal ei het wellt rhag mynd gyda'r gwynt. Ac yng nghryndod y foment yr olygfa honno yn y Gymanfa Bwnc yn gwibio i'w feddwl pan ganmolwyd ef gan y pregethwr. A hithau'n dal yn dynnach yn ei het— yr oedd tipyn o li—a'i hystum, codiad ei braich, yn grymuso tynerwch ei bronnau. Angori—heno— gyda thi . . . Ddiwedd y mis, pan ddeuai'r amser i wahanu, rhoddai ei gerddi—ni wyddai a haeddent yr enw—iddi hi i'w cadw, pob tamaid ohonynt.

Yr oedd Annie'n awyddus iddo fwrw ymlaen â'i waith llyfryddol. Nid oedd am ei lesteirio; i'r gwrthwyneb, pwysai arno i aros yn y Ddarllenfa tan wyth o'r gloch yn ôl ei arfer. Cyn iddi gyrraedd pryderai George ynglŷn â sut y byddai Annie'n dygymod â'r llety yn Cumberland Market. Marchnad wair a gwellt ydoedd ger Regent's Park a rhesi o dai Georgaidd tri llawr yn amgylchynu'r sgwâr. Yno, yn rhif 24, yr arhosai George ers rhai blynyddoedd bellach pan ddeuai i Lundain. Cymerodd yr ystafelloedd am eu bod yn gyfleus at orsafoedd Euston a Paddington ac o fewn cyrraedd hefyd i'r Amgueddfa Brydeinig. Cerddai yno bob bore ar draws Euston Road ac i lawr Gower Street. Yr oedd y lle'n lân a'r rhent yn ddigon rhesymol am ddwy ystafell ar y llawr cyntaf. Ond yn gymdeithasol yr oedd y gymdogaeth wedi dirywio. Yn wreiddiol, gweithwyr o'r dosbarth canol isaf a drigai yno ond bellach, nid o gwmpas y Farchnad ei hun yn gymaint, ond yn rhai o strydoedd y pensaer Nash gerllaw, aethai yn ardal o ystafelloedd ar osod, rhai ohonynt i buteiniaid. Un tro, beth amser yn ôl, gwelsai George wyneb un o'r merched hynny wedi'i oleuo gan lamp stryd fel y safai yng nghysgod drws siop; ymddangosai mor ifanc a diniwed nes peri iddo feddwl tybed ai un wrth ei phroffesiwn yr oedd hi neu ynteu ferch o'r wlad—o Gymru efallai—wedi dod i'r ddinas i weini ac yn unig hwyrach, fel yntau.

Taerai wrth Annie ar y dechrau nad oedd Cumberland Market yn lle digon da iddi ond gwrthodai hi gymryd sylw o'i brotestiadau. Bellach gwyddai nad oedd yn rhaid pryderu; yr oedd Annie wedi dotio gyda'r llety a daethai Mrs Jubber, y landledi, a hithau'n dipyn o ffrindiau. Gwraig weddw oedd Mrs Jubber a berthynai i'r hen fath o gymdeithas barchus oedd yn dal yn bur niferus yn yr ardal. Pan gyflwynodd Annie iddi gwelodd George oddi wrth ei hedrychiad nad oedd wedi disgwyl y byddai Mrs Aaron yn ddynes mor ifanc ond yr oedd yn ddigon bonheddig i beidio â holi.

Nid y tŷ yn unig a apeliai at Annie; hoffai hefyd fywyd a bwrlwm y farchnad. Pan oedd yn athrawes yn Llundain lletyai mewn rhes tai undonog, digymeriad ond yn y sgwâr yr oedd digonedd o amrywiaeth—tai, siopau, swyddfeydd y marchnatwyr, tafarndai, tai coffi, a sŵn ceffylau o hyd yn tynnu'r wagenni llwythog.

Gwyddai am y ddinas yn dda ac ambell dro yn ystod yr wythnos teithiai ar ei phen ei hun i weld ei hen ffrindiau yn Stockwell. Ar ddydd Sadwrn âi George a hithau hwnt ac yma gyda'i gilydd. Weithiau aent i'r wlad ar y District Line, ar drên stêm oedd yn rhan o rwydwaith reilffordd 'cut and cover' y ddinas; dechrau'r siwrnai dan ddaear a diweddu yn y caeau agored. Am nad oedd mwyach yn was i'r ffordd haearn gallai George werthfawrogi'r rhyddid a gynigiai; deffrôdd i harddwch ei gêr a'i pheiriannau unwaith eto fel yn nyddiau gobeithiol y llanc o brentis. Pan âi Annie i Stockwell câi'r math o drên a dwnelai drwy'r clai melyn, tanddaearol, ond gwrthododd George fynd ar un o'r rheini hyd yma er i Annie geisio'i gorau i'w berswadio.

'Y tiwb cynta'n y byd! Meddylia, George! Ond dyna fo, gormod o ddyn yr agerbeiriant o hyd, yndê, i gysidro darostwng dy hun i'r injan drydan.'

'Be, teithio mewn trên lle mae pobol yn gorfod eiste ar feincie hir fel taen nhw mewn bocs sardîns?' meddai yntau. 'A'r gole'n rhy wan, glywes i, i ddarllen papur newydd wrtho? Dim diolch!'

Ond, yn y man, diau y gadawai i Annie ei hudo arno.

Credai Margo ei bod wedi deall Bodo Bec yn iawn, ac eto ni allai fod yn hollol siŵr. Aeth dros y sgwrs drachefn a thrachefn yn ei phen ar y ffordd adref.

'Math!' gwaeddodd wrth fynd i'r tŷ.

'Margo!' gwaeddodd yntau wrth redeg i lawr y grisiau. 'Helô, 'na falch wy dy fod ti adre'n gynnar—'

'Diolch, cariad,' a rhoes gusan iddo.

'Mae 'nghalon i'n llamu bob amser pan ddoi di, wrth gwrs, ond mae 'na rywbeth arall êd heddi. Gwranda—'

'Math, gwranda di, cariad, mae gin i rywbath pwysig, pwysig i ddeud—dwi'n meddwl fod Annie Gwilt wedi cael babi.'

'Do, do, eitha reit—merch fach.'

'Gwranda, wnei di, a phaid â lolian. Ia, merch fach oedd hi, fel mae'n digwydd—lodes fach, chadal Bodo Bec, ac eto wn i'm oedd hi'n ffwndro am ryw fabi arall yn—'

'Na, na, oedd hi'n eitha reit. Miriam oedd ei henw hi.'

'Miriam? Pam ti'n deud hynna?'

'Ac fe dyfodd lan i fod yn brifathrawes o fri fel ei mam.'

'Be 'di'r wên fawr 'na ar dy wynab di, Math Pierce? Tynnu 'nghoes i wyt ti?'

'Ar fy llw. Y Llyfrgell Genedlaethol wedi bod ar y ffôn. Newydd gael pentwr o stwff personol—sylwa, personol—o waith George, ac fe holest ti'n arbennig am bethe fel 'na, medden nhw—gwranda nawr—a phaid â rhuthro am y car yn syth achos maen nhw'n moyn amser i nodi beth sydd 'no—'

'O ble daethon nhw? Sut, ar ôl yr holl flynydd-oedd?'

'Fel canlyniad i ewyllys hen wraig fu farw'n ddiweddar—Miss Miriam Gwilt.'

Safai Annie ar y balconi bychan y tu allan i'w parlwr i fyny'r grisiau. Estynnai'r ffenestr bron at y llawr a hoffai ei hagor a chamu allan. Bu'n ddiwrnod braf a bu cyn belled â Gerddi'r Gymdeithas Fotanegol yn y Parc, lle a roesai ddefnydd gwersi iddi ar gyfer y tymor nesaf. Edrychai a welai George yn dod adref am ei swper. Er ei bod yn hwyrhau parhâi'r sgwâr i ymddangos yn lled lawn gan fod nifer o wagenni yn dal i sefyll yno a'r gwair ynddyn nhw wedi'i glymu'n dwt dan orchudd dros nos. Hoffai fywyd y lle oherwydd sawrai o'r ddaear, arogl gwellt a gwair a'r tail a gymerid oddi yno o dro i dro yn y certiau gweigion. Gwledig oedd marsiandïaeth llawer o'r siopau hefyd, yn harneisiau a chyfrwyau a brasys ceffylau. Gwelodd gip ar George yn dod heibio i'r King's Arms ar y gornel gyferbyn. Dyna'r ffordd y deuai bob amser, o gyfeiriad Hampstead Road.

Oedd, yr oedd wedi ei gweld a chododd ei law yn ôl arni.

Mwynhaent swpera gyda'i gilydd ym mhreifatrwydd eu parlwr bach plaen ond cyfforddus. Annie a baratôi'r swper fel rheol er mwyn arbed trafferth i'r landledi yr amser hwnnw o'r dydd ond heno aethai i nôl pryd parod o siop gyfagos rhag mynd ar draws Mrs Jubber, a chyfeillion ganddi yn y gegin wedi taro i mewn am sgwrs.

'Ffagots heno,' galwodd Annie fel yr oedd George yn ymolchi yn y llofft.

'Ôn i'n meddwl 'mod i'n clywed ogle da.'

Yr oedd wrth ei fodd â'r cyffyrddiadau bach cartrefol oedd newydd ddod i'w rhan pan oedd hyd yn oed cyffredinedd cadw tŷ yn troi'n hyfrydwch.

'I ti ynte i Mrs Jubber mae'r diolch am y wledd?'

'I Rumbles. Wyddost ti, ar gornel Osnaburgh Street?'

Fe'i clywai'n gosod y bwrdd.

'Feddylies i mai siop yn gwerthu oel oedd honno ar y gornel.'

'Ie, ie, dyna sy 'na 'gosa at yma. Yr ochor bella mae Rumbles-famous-for-Pie-and-Mash-Faggots-Saveloys etc. Dwi'n dechre dod i nabod y lle 'ma'n well na ti.'

Tywalltodd George ychwaneg o ddŵr cynnes i'r ddesgl. Gwaith budr braidd oedd ymhél â llawysgrifau a phrint. Caniateid 'casual ablutions' yn ystafell 'molchi'r Ddarllenfa Gron, a dim mwy, yn ôl yr hysbysiad, er bod angen trochiad iawn ar rai o'r hen hacs oedd yno.

Bu'n edrych ymlaen drwy'r dydd at ddychwelyd, at y foment hon pan oedd eu horiau gyda'i gilydd ar fin ymagor o'u blaenau unwaith yn rhagor. Ar ôl swper, yn enwedig ar nosweithiau braf fel heno, hoffent sefyll fraich ym mraich wrth y ffenestr agored pan oedd yr haul yn machlud a'r tryblith o simneiau main, amrywiol eu maint, yn codi'u pennau yn ddu uwchben amlinell wastad topiau'r tai gyferbyn. Ar adegau tawel felly yr oedd hi'n haws credu ym modolaeth y rhew oedd o'r golwg dan y sgwâr yn ei bwll anferthol. Synnodd Annie pan ddywedodd Mrs Jubber wrthi amdano, fel y deuai llong â'r iâ yn rheolaidd o Norwy at lannau Tafwys ac fel yr oedd bad yn ei gludo oddi yno ar hyd camlas Regent. Ym merw'r dydd yr oedd yn anodd coelio bod clapiau o rew yn gorwedd yno fel ffortiwn o ddiamwntiau bedwar ugain troedfedd o ddyfnder dan y Farchnad. Ond yr adeg honno o'r nos, pan oedd miri'r farchnad wedi distewi, deuai'r ymwybyddiaeth o'r storfa ryfeddol yn fyw iddynt, fel atgof o'r golud dan ddŵr y llyn.

> Syfaddan! Ynot mae f'Eden—
>   Gardd ddeiliog, iraidd y lli—
> Tegwch perllan—erwau âr—
>   Y tirwedd a gâr Llynfi.
>
> Palasau'n ymddangos—drwy'r mwswg—
>   Dinas—dan babwyr y llyn—
> Tyrau aur rhwng helyg Mair—
>   A muriau nawf y migwyn—
>
> Cryna'r dŵr—drwy'r llwyni hesg—
>   Meysydd Elysaidd penhwyaid . . .

Roedd y gist fechan yn llawn o drysorau a rhywsut fe wyddai Margo fod rhywbeth arbennig yn dod yr eiliad y gwelodd un o staff y Llyfrgell Genedlaethol yn ei chludo, yn seremonïol bron, tuag ati.

'Welsoch chi bren fel hwn erioed?' gofynnodd y dyn wrth ei gosod yn ofalus ar y bwrdd. 'Pren camffir,' ychwanegodd, 'yn llawn o addewid y Dwyrain.'

Dechreuodd droi'r goriad yn y clo ac ar unwaith daeth seiniau anghymharus o'i berfedd, tôn melysber, siwgwraidd, nodau dawns benchwiban yn perthyn yn nes i'r *vaudeville* nag i ddirgelwch yr Orient. Peidiodd y gân yn ddisymwth ond nid cyn i rai o'r darllenwyr yn y stafell godi'u pennau'n syn.

'Diolch nad yw pawb yn cyflwyno'u papurau mewn cyment o steil!' meddai'r llyfrgellydd. 'Dŷn ni ddim wedi penderfynu'n iawn beth i'w wneud ag e 'to,' a gadawodd Margo gyda chymynrodd Miss Miriam Gwilt.

Ni allai gredu ei llygaid pan welodd y cynnwys. Papurach oedd yr haen uchaf: tameidiau'n llawn sgrifen, ar gefnau bagiau papur llwyd a hen filiau wedi llwydo, y tu mewn i hen amlenni, a fflapiau amlenni hefyd yn rhoi benthyg eu siâp i benillion bach twt. Darllenodd un o'r rheini'n frysiog:

Lyn
—Rwyt faith—
—Ni allaf dy groesi—

Adnabu'r llawysgrifen gyfarwydd er ei bod hi'n flerach ac yn fwy brysiog yr olwg na llaw wastad George y llyfryddwr. Roedd yn llawn o groesi allan ac o eiriau wedi'u stwffio i bob cornel, o amgylch ymyl y ddalen, wyneb i waered, rhwng y llinellau. Weithiau rhedai'r llinellau ar draws ei gilydd fel petaen nhw wedi'u sgrifennu yn y tywyllwch. Ond doedd dim dadl beth oedd yr holl sgrifennu— barddoniaeth!

Sylweddolodd ei bod yn dal ar ei thraed, fel plentyn uwchben lyci dip. Yna, wrth eistedd, sylwodd ar yr arysgrifiad mewn pres y tu mewn i'r caead agored: Cangen o rawn camffir yw fy anwylyd i mi, yng ngwinllannoedd Engedi.

Dyma'r gist yr oedd Annie Gwilt wedi'i thrysori a'i hanwylo ac wedi rhoi cyfarwyddiadau i'w merch ynglŷn â hi a'i chynnwys ar ôl dyddiau'r ddwy ohonyn nhw, ei bod i'w gadael i'r Llyfrgell fel ag yr oedden nhw yn eu cyfanrwydd. Tystiai'r patina ar y pren lliw mêl i ofal cariadus y ddwy dros y blynyddoedd.

Yn is i lawr yn y pentwr papurau daeth Margo ar draws rhywbeth oedd yn debycach i ôl gwaith George y perffeithydd, darnau o bapur tua saith modfedd wrth bump wedi'u clymu i wneud cyfrolau bach, fel petai. Ai Annie tybed oedd wedi'u pwytho gyda'i gilydd? Rhoi'r edau a nodwydd yn gymesur trwy ymyl chwith y dalennau fel y gellid eu hagor fel llyfr? Ar flaen un o'r casgliadau hyn printiwyd yn gywrain: LLYNFI AT SYFADDAN. Ac yn dilyn roedd cyfres o gerddi. Cyfrol arall wedyn dan y teitl: CERDDI GWYLLT. Rhyw chwarae ar darddiad cyfenw Annie Gwilt efallai. Ond hyd yn oed yma yn y cyfrolau bach tlws, er bod y sgrifen yn gain a chymen, roedd yr atalnodi yn annodweddiadol. Roedd y dyn a

115

roesai'r fath fri ar y 'stop' wedi britho'r cerddi â'r 'dash', llinellau byr fel pwythi yn dal y geiriau gyda'i gilydd rhag ofn iddyn nhw chwalu a thorri.

> Cael fy nghlwyfo—
> Nid gan gleddyf—
> Ond gan—rosyn gwyllt—
>
> Fy niwyllio—
> Nid gan goleg—
> Braenar—yn y gwyllt

Roedd yn fis Mai bendigedig a Margo yn brysur yn y gegin. Heddiw oedd pen blwydd ei phriodas ac roedd ychydig o ffrindiau wedi'u gwadd i swper i ddathlu'r achlysur. Mewn ffordd roedd yn bechod bod o dan do ar ddiwrnod mor falmaidd heb sôn am fod wrthi'n coginio, ond roedd hi'n berffaith fodlon ei byd. Roedd y ffenest yn llydan agored o'i blaen a'r ffriddoedd emrallt i'w gweld yn pefrio. Fel arfer trawai'r radio ymlaen i'w diddanu pan fyddai yn y gegin ond y dyddiau hyn roedd yn well ganddi ddistawrwydd. Doedd hi ddim eto wedi dod dros gynnwys y gist. Gwnaethai gopi pensel o'r rhan fwyaf o'r cerddi—pensel yn unig a ganiateid yn stafell y llawysgrifau—ac eisoes roedd wedi dysgu llinellau ar ei chof, nid fel tasg ond yn ddiarwybod iddi'i hun.

Yn groes i'w harfer dechreuasai baratoi'r swper mewn da bryd. Ers tridiau bu wrthi'n coginio rŵan ac yn y man mewn camau hamddenol heb deimlo'i bod wedi'i chaethiwo; yn hollol i'r gwrthwyneb, bu'n brofiad gollyngol, creadigol oedd yn fêl i'r

116

ysbryd. Tra oedd ei bysedd yn gweithio'r menyn i'r blawd neu'n gwasgu'r lemonau neu'n pinsio ymyl y toes yn ffrilen, bu ei stori'n troelli yn ei meddwl, yn ffrwtian, yn mwydo, yn nogio hefyd ar brydiau, a'r ffeithiau prin oedd ganddi yn gweithredu fel canllawiau i gyfeirio'i dychymyg. A'r cerddi hefyd a hedai i mewn ac allan o'i phen yn ategu'r emosiynau oedd bellach yn rhan o'r nofel. Roedd yn braf cael dyddiau fel hyn i fyfyrio ar bob cyffroad ac ysgogiad newydd, gan adael i'r prosesau mewnol eu treulio, fel petai, yn ara deg.

Bu Math a hithau'n edrych drwy'r llyfrau coginio am bryd a ofynnai am baratoadau hirhoedlog er mwyn cael mwynhau'r holl broses ac ymestyn y cofnodiad hwn o'u hapusrwydd. Cyn cyfarfod Math ni chymerasai Margo lawer o ddiddordeb mewn bwyd; yn hyn, fel gyda phopeth arall, roedd o wedi rhoi dimensiwn newydd i'w bywyd. Treuliwyd cyfran o ddwy noswaith yn paratoi gyda'i gilydd a bu hynny ynddo'i hun yn rhan o hwyl y dathlu; eistedd a sgwrsio a blasu wrth fwrdd y gegin wrth drin y tomatos a'r olewydd a rhoi ambell dro i'r hwyaden yn mwydo yn ei gwin gwyn. Swper oer noson o haf oedd o am fod a hynny ar y teras yn edrych dros y berllan, os câi Math ei ffordd. Roedd yn fwytawr awyr-agored heb ei ail—hoffai'r rhamant a'r rhyddid—a gwnaethent hynny'n aml y llynedd yn ystod eu haf cyntaf.

'O, Gwerful, chi sy 'na? Ôn i'n meddwl 'mod i 'di clywad cnoc. Dowch i mewn.'

'Dim ond am funud, Margo. Ar 'yn ffordd adra ydw i ar ôl bod yn gweld y tŷ-bach-twt lawr y lôn unwaith eto efo'r *agent*.'

'Wel, os ydach chi'n cychwyn am wlad y Saeson mae gynnoch chi dipyn o siwrna a rhaid i chi gael panad. Dau funud fydda i'n gneud te i ni'n dwy.'

Bu'n teimlo'n euog ynglŷn â Gwerful. Sut y gallai fod mor annheg a rhagfarnllyd tuag ati a'r byd yn lle mor fendigedig? Roedd yn falch o'r cyfle i estyn croeso iddi er ei bod wedi torri ar ei thraws. Ta waeth am hynny, roedd y darten lemon newydd ei chwblhau mewn pryd i oeri'n naturiol erbyn amser swper. Bu gwneud y toes bregus bron â'i llethu, ond ddoe oedd hynny. Yn ôl y llyfr byddai unrhyw weddillion o'r *pâte sablée* yn gwneud bisgedi ar gyfer te pnawn. Chwarddodd am ben y nodyn cysetlyd ar y pryd ond dilynodd ei gyfarwyddyd a rŵan roedd yn barod i dderbyn bod yna rywbeth boddhaol weithiau mewn byw'n drefnus yn ôl y llyfr fel ei mam.

''Di Math adra?'

'Na, mae o'n dal yn y Coleg.'

'O, dyna biti, a finna rioed 'di'i gyfarfod o.'

'Wel, gawn ni'r amsar i ni'n hunin i roi'r byd yn ei le. Dowch i'r gegin. Dwi eisio cadw llygad ar un neu ddau o betha gan fod gynnon ni 'chydig o ffrindia'n dŵad i swper. Fydd raid i chitha ddŵad hefyd os dowch chi yma i fyw ac wedyn mi gewch chi gyfarfod Math.'

'Peidiwch â mynd i ddim traffarth, Margo. Rhaid i mi frysio'n ôl at y cathod. Mae gin i ddwy ohonyn nhw a dwn i'm sut y byddan nhw'n lecio symud.'

''Dach chi am gymyd y tŷ, felly? Mae o'n edrach yn ddigon o ryfeddod o'r tu allan.'

'Mae o'n eitha y tu mewn hefyd. Mi ro i gynnig

amdano fo, beth bynnag. Dwi 'di gweld lot o dai erbyn hyn a dŵad yn ôl at hwn ydw i bob tro.'

Tamaid brysiog oedd o ond yn egwyl lwyddiannus, teimlai Margo. Cydwybod glir, meddai wrthi'i hun tra oedd Gwerful wedi picio i fyny i'r stafell 'molchi. Roedd toiled i lawr grisiau ond roedd wedi dewis mynd i fyny.

'Waw!' clywodd o ben y grisiau.

'Rhywbath yn bod?' gofynnodd gan redeg i fyny.

'Ye gods! Y bathrwm 'ma!'

'O, mae'n ddrwg gin i, Gwerful. Anghofis i'ch rhybuddio chi. Mae o'n dipyn o sioc y tro cynta.'

Safai Gwerful ar ganol y llawr yn cymryd popeth i mewn: y grisiau marmor llydan yn arwain i fyny at y baddon a'r bwa addurniedig uwchben yn fframio'r alcof fel cronglwyd.

'Mae o'n *gorgeous*! Dim camu'n flêr dros ochr y bàth na dim byd fel 'na. A digonadd o le i ddau yn y *jacuzzi* 'na!'

'Iechyd da i chi ill dau,' meddai Celt gan godi'i wydryn, 'a llongyfarchiada.'

'Ia, wir,' ategodd Selin, 'a llawar o flynyddoedd hapus efo'ch gilydd.'

Roedd y ddau wedi cyrraedd cyn y gwahoddedigion eraill—o Ysgol Menai gynt—ac eisteddent ill pedwar ar y teras. Roedd yr awyr yn dal yn llawn o wres y dydd a'r heulwen yn disgyn yn batrymog arnyn nhw drwy ddail y berllan.

'Diolch yn fawr,' meddai Margo. 'Fedrwn ni byth ddiolch digon i chi'ch dau am ddŵad â ni at ein gilydd, na f'drwn, Math?'

'Wel,' meddai Math yn bwyllog, 'felly ôn inne'n meddwl ond—'

Roedd saib am funud ac edrychai Math mor ddifrifol fel y daliodd Selin lygad Celt yn frysiog. Ar y ffordd i Dŷ Tŵr roedd Celt wedi dweud wrthi iddo weld Moira'n dod o stafell Math yn y Coleg y bore hwnnw a golwg ypsét iawn arni. Roedd Moira ar staff gweinyddol y Coleg ac yn perthyn o bell i Celt. Gwyddai pawb ei bod wedi mopio'i phen ar Math unwaith ac y bu rhyw fath o garwriaeth rhyngddyn nhw, neu o leiaf fe gyplyswyd y ddau enw ym meddyliau pobl.

'Ond, gyfeillion mwyn,' ychwanegodd Math, 'mae'n ddrwg iawn 'da fi'ch hysbysu chi fod fy annwyl wraig mewn cariad 'da dyn arall yn barod.' Gwenodd Margo arno a sylweddolodd Selin mor ofnadwy o wirion y bu. 'George Aaron yw enw'r dihiryn ond, wrth gwrs, fydda i ddim yn gadel iddi fynd ar chware bach. Mi frwydra i amdani i'r eitha!'

'Wel,' meddai Celt, 'maen nhw'n deud bod cymeriada'n gallu mynd yn obsesiwn gan awdur.'

'Tydi'r lliwia 'ma'n ddigon o ryfeddod?' meddai Selin, gan edrych ar y tameidiau o flodau a ffrwythau yn gorwedd ar wyneb y gwydraid yn ei llaw.

'Tydyn nhw'n ddel?' meddai Margo. 'Dwi 'di bod bron â marw eisio ffeindio esgus i brynu paced o'r petala bach 'ma yn Safeway.'

> Storom wyllt! Hafog ar gwm!
>   Gwreiddiau yn frigau ar goed—
> Llwch y lôn hyd ben y clawdd—
>   A dail o dan fy nhroed!

Yr haf hwnnw, wrth fynd i'r afael o ddifri â'r nofel, aeth Margo i uniaethu'n fwyfwy â George nes i'w pherthynas hi ag o dyfu yn un glòs ac emosiynol. Credai fod hyn yn anorfod er mwyn cryfhau'r dychymyg a mynd dan groen y dyn. Y farddoniaeth oedd y peth. Po fwyaf y darllenai ar y telynegion mwya yn y byd y teimlai eu bod nhw'n adlewyrchu ei phrofiad ei hun o fyd wedi troi wyneb i waered. Y *coup de foudre*.

> Y fellten cyn y daran—
>   Ni thrawodd ond fy hunan—
> Ac ni newidiwn—glwyf ei bollt—
>   Am weddill einioes gyfan.

Doedd hi ddim wedi dweud wrth Bec amdanyn nhw. Bu'n bwriadu gwneud fwy nag unwaith ond wedi cyrraedd Plas Tirion diflannai'r awydd. Golygai hyn nad oedd wedi sôn am Miriam chwaith er y gwyddai y byddai Bec yn hoffi clywed amdani hi. Rhywdro eto. Ar y pryd teimlai nad rhywbeth i'w ddatgan mewn llais oedd yn ddigon hyglyw i Bec oedd hanes y gist a'i chynnwys. Ni allai gael o'i meddwl yr olwg ddelicét oedd ar y penillion yn eu llyfrynnau bach eiddil, a byddai bloeddio'u bodolaeth wedi bod yn rhyw fath o halogiad.

Roedd yn gyfnod o wynfyd. Treuliwyd gwyliau —ail fis mêl, yn ôl Math—yn y ffermdy yn Ffrainc unwaith eto. Doedd dim byd wedi newid ond bod cae'r ddynes lonydd wedi'i aredig a'i blannu. Un diwrnod aethant gyn belled â'r ardal i'r gogledd o Bordeaux, moduro ar hyd aber y Gironde i wlad y Médoc, tir fflat, graeanog lle'r ymestynnai gwinllannoedd dirifedi o'u blaenau, y gwinwydd ar eu llawn dwf yn wastatir o wyrddni gloyw. Dilyn y lôn win a gweld y *châteaux* bychain lle y gwneid y claret, tai crand yn eu parciau twt y tu ôl i furiau uchel. Stopio weithiau i ymweld â'u selerydd oer, dro arall crwydro i ganol distawrwydd caeau mawr y gwinwydd lle'r oedd yr aer yn llonydd. Awst oedd mis y disgwyl tawel.

'Un *châteaux* bach arall, Mrs Pierce,' meddai Math tua diwedd y pnawn, 'un wy'n moyn i ti weld yn arbennig.'

Ac ymlaen â nhw am ychydig gilometrau nes cyrraedd plasty ynghanol gerddi trefnus. Adeilad yn dyddio o ddechrau'r ganrif ddiwethaf, clasurol, colofnog, ym mhen draw rhodfa o goed.

'Dy gastell di,' meddai Math, 'Château Margaux, ei gynnyrch o'r radd flaenaf, y mwyaf ysblennydd.' Cydiodd yn ei llaw. 'Mae rhywbeth mewn enw, mae'n rhaid.'

'Math, dwi'n dal i fethu credu fod hyn yn digwydd i mi. Wedi'r cyfan, doeddat ti ddim yn brin o ddewis.'

Rhoddwyd Math ar ei wyliadwriaeth am funud. Oedd yna rywbeth y tu ôl i'w sylw, yn fwy nag ysgafnder rhwng eneidiau hoff? Ac os oedd, ai dyma'r amser i ddweud am Moira?

'O be dwi'n gofio o'r hyn welis i yn nhŷ Selin a Celt y noson honno roedd 'na ddigonadd o 'nethod ifync o dy gwmpas di.'

Ie, herian diniwed oedd e.

'Siarad am waith academaidd oedden ni, siŵr o fod.'

'O, siŵr.'

Daliai Math mewn cyfyng gyngor. Bu'n meddwl dweud wrthi ers tro am ei broblem gyda Moira ond doedd arno ddim awydd trafod y peth heddiw, ar y fath ddiwrnod. Ac roedd wedi hanner penderfynu cyn hyn y byddai'n well dweud y cyfan wedi iddo ddatrys yr helynt gan y byddai edrych yn ôl gyda'i gilydd pan fyddai'r busnes drosodd yn broses llai poenus. Allai o ddim dioddef i ddim byd fynd o'i le, a gadawodd i'r cyfle fynd heibio.

'Mae trueni 'da fi dros ferched ifenc, ti'n gwbod,' meddai. 'Wel, pobol ifenc yn gyffredinol o bosib—maen nhw dan shwd gymaint o bwyse, mae'n ymddangos i mi, i fod yn rhywiol, i fagu rhyw fath o ddelwedd, fel taen nhw'n gweld bywyd fel un *catwalk* mawr. Mae'n siŵr o fod yn straen. Well 'da fi rywun sy'n fy nenu i heb wybod ei bod hi.'

Yn ddiweddarach, ar eu ffordd yn ôl, daethant at le oedd yn fwy o dref nag o bentref, gydag ychydig o westyau a thai bwyta digon cysglyd yr olwg ar ochr y Gironde, y math o le a apeliai atynt ill dau. Swpera yn y fan honno yn edrych allan ar ddyfroedd melyn yr aber; noson oedd yn un o uchafbwyntiau'r gwyliau—y bwyd, yr esmwythdra, y tawelwch, ac eithrio clinc y *boules* ar y tywod lle y chwaraeai'r hynafgwyr, a chri'r gwylanod yn galw o bell.

Pennod 10

Lyn
—Rwyt faith—
—Ni allaf dy groesi—

Fryn
—Rwyt serth—
—Ni allaf dy ddringo—

Ond
Petai dau
—Rhyw freiniol haf—
—Yn dyblu'r nerth—
Caem herio brig a chyrraedd glan.

Caerdydd
Medi 1899

Fy rhosyn gwyllt,

Yr wyf yn ysgrifenu y llythyr hwn ym mhen deng mlynedd ar hugain ac un awr, fel y dysgais, ar ol i ti—O, ryfeddod—ymweld â'r byd yma am y tro cyntaf. Ers pan ddaethum o Lundain wedi i ni ymwahanu dros dro bûm mewn gwaith bron at fy llygaid, byddi yn falch o glywed, ac wrthi bob nos hyd dan ddeuddeg ac weithiau hyd un a dau yn y boreu fel yn awr. Ond cyn noswylio y mae'n rhaid i mi anfon atat ac yr wyf am i ti wrandaw yn astud.

Yr wyf am i ti ddeall mai dyma y tro olaf i ni dreulio dydd dy eni ar wahan. Ie, paid nacau, oherwydd gwelaf fy ffordd yn glir yn awr. Deued a ddêl byddwn gyda'n gilydd hefyd ar gyfer genedigaeth arbennig arall heb ymwahanu mwy.

Fel y dywedais o'r blaen, fy ymateb cyntaf pan glywais dy newydd oedd neidio ar y trên cyntaf—gyru yr agerbeiriant (dy hoff air!) fy hun pe bai yn rhaid—ond ofnwn na fedrwn guddio fy nheimladau wedi cyraedd adref. Y diwrnod hwnw pan glywais, yr oedd fy nghyfeillion yma yn y ddinas yn meddwl fy mod yn fwy cynhyrfus a brwd nag erioed am waith mawr fy mywyd.

Y mae yn nodweddiadol o honot i fynnu wynebu y dyfodol yn ffyddiog dy hunan, heb beri gofid i—un arall. Ond oni sylwaist ar y newid sydd ynddi yn ddiweddar? Ar un adeg meddyliwn fel tithau ei bod yn gwbl ddibynol arnaf ond ar fy ymweliad diweddaf, pan na fedrwn dy weld oherwydd prinder yr amser, synhwyrais ryw ysbryd newydd ynddi. Hunan-hyder? Ni wn beth i'w alw. Efallai mai y cwmni a'r dyletswyddau yn y siop yn awr ac yn y man sydd yn cyfrif amdano. Peth arall sydd yn tawelu fy meddwl yng nglyn â hi ydyw y bydd o bosibl yn rhyddhad iddi gael gwared o un sydd yn cyboli ym myd llyfrau byth a hefyd. Nid ymddyddorodd erioed yn fy awch am addysg a'm hawydd i fod yn llenor—onibai fy mod ar yr un pryd yn orsaf-feistr bodlon ei fyd fel Ceiriog!

Yr wyf am i ti gofio a chredu hyn: ni allaf wynebu bywyd hebot, ac uchelgais mwyaf fy mywyd bellach yw cael cyd-lawenhau mewn cariad â thi pan ddaw dy awr. Nid oedd llawer o lawenydd yn y penty ar ddydd fy ngeni i. Dywedais beth o'm hanes wrthyt eisoes ond nid y cyfan am y teimladau chwerwon a gorddai o'm mewn pan ddaethum i sylweddoli amgylchiadau fy ngeni. Pan briododd fy mam—nid â'm tad, pwy bynnag

ydoedd—fe anwyd plant eraill iddi ond dewisodd
fy anwybyddu i. Yr oeddwn i yn rhan o gywilydd
y gorffennol. Digiais yn anfaddeuol wrthi, y mae
yn arw genyf orfod cyffesu. Yn wir, daethum i'w
chasau. Fe'm hamddifadwyd o unrhyw addysg
gwerth ei dderbyn ond yn fwy na hynny fe'm
hamddifadwyd o gariad a thynerwch mam. Teimlaf
na fûm erioed yn blentyn, yn wynfydedig mewn
byd o serchawgrwydd.

Mynegais hyn oll yn blaen ar ddu a gwyn er
mwyn i ti ddeall yn eglur na fynnwn er dim i hyn
ddigwydd i'r un plentyn arall ac yn bendifaddeu
nid i fy mhlentyn i fy hunan. O, ni allaf gredu, wrth
gwrs, y gallai unrhyw blentyn dy gasau di. Mi wn
mai ti fydd y fam orau yn y byd. Maddau im fy
ofnau; y maent yn ddwfn ynof. Megis dechreu
dyfod yn rhydd o'u hualau yr ydwyf ac fe gei di fy
nhywys ymhellach ar hyd y meysydd Elysaidd a
fydd yn ymestyn yn oleu o'n blaenau os gwran-
dewi arnaf yn awr.

Nid wyf am i dy rieni fagu ein plentyn er mai
dim ond yn ystod tymhorau'r ysgol y byddai
hynny ac wedi i ti gael lle, fel y gobeithi, mewn
ysgol arall maes o law. Nid oedd fy nhaid a'm llys-
nain yn angharedig wrthyf ond credaf yn gryf mai
gyda'i fam a'i dad y dylai plentyn fod. Yr wyf am i
fy mhlentyn adnabod ei dad. Fy nymuniad taer yw
i ni fyw gyda'n gilydd yn Llundain. Ymhen amser
caet swydd dysgu yno fel o'r blaen ac yn y
cyfamser byddai Mrs Jubber yn sicr o roi llety i ni
fel teulu bach. Gwn y byddai hynny yn amddifadu
dy rieni o dy gwmni hawddgar a hwythau wedi
dyfod i arfer gweld mwy arnat ond efallai y byddai

ein hamgylchiadau yn newid mewn amser ac yn caniatau i ni ddychwelyd i Gymru. Nid wyf heb adnoddau ariannol. Dros y blynyddoedd bûm yn buddsoddi yn ofalus.

Eisoes, fel Heseceia gynt, bûm yn trefnu fy nhŷ. Gwnaethum yn fawr o fanteision dinas fel hon i geisio cyngor cyfreithiol a gwneuthur ewyllys fydd yn sicrhau cymorth ariannol sylweddol i chi ill dau—neu ddwy—ar ôl fy nyddiau i, yn wyneb y gwahaniaeth oedran sydd rhyngom ni. Ond, wrth gwrs, fy ngobaith mawr ydyw y caniateir i mi flynyddoedd lawer o ddedwyddwch yn dy gwmni.

Er mwyn popeth erfyniaf arnat i gydymffurfio â'm cais. Y mae fy mywyd yn dibynnu ar hynny.

Ydwyf, ydwyf yr eiddot,

Geo.

Gosodaf brysg ar foncyff, pridd ar garreg
A gwneud fy nhrigfan gaerog yn y llyn
Troi'r dŵr yn fur fel crefftwyr y cranogau
A chodi deildy serch tu ôl i'r ffyn—

Daethai'r hydref ac roedd Margo yn ei stydi bach gartref. Clywai sŵn prosesydd geiriau Math yn saethu'r paragraffau at y papur i fyny'r grisiau; roedd yn paratoi erthygl ar gelf y bedwaredd ganrif ar bymtheg. Gweithiai hithau ar ei phennod ar wyliau George ac Annie ger y llyn, yn fflicio drwy'r cerddi unwaith yn rhagor ac yn ceisio'u dehongli a gweld trwyddyn nhw at stori'r ddau. Teimlai nad dyma'r ffordd i'w darllen fel barddon-iaeth. Gwaith yr artist oedd trawsnewid angerdd, troi gwewyr a llawenydd personol, preifat yn rhywbeth cyffredinol, amhersonol bron; roedd yr un a ddioddefai ac a deimlai yn greadur ar wahân i'r meddwl oedd yn creu. Er hynny, at bwrpas ei nofel, roedd yn ddibynnol ar y cerddi i ddweud rhywbeth personol wrthi am George ac Annie.

> Mordwyo yn Eden—
> Y lli, y lli!
> O am angori—
> Heno—
> Gyda thi!

Dyn mewn cariad a sgrifennodd y cerddi, roedd hynny'n amlwg. Ond ymddangosai fod yna ofn ac anobaith hefyd yn y canu, rhyw ddyhead am Eden, neu ryw gip ar Eden na ddeuai byth i'w ran yn llwyr, rhyw chwilio ofer am noddfa rhag byd na fedrai ei wynebu.

A dyna'r babi. Doedd dim byd yn y cerddi am Miriam cyn belled ag y gallai hi ddirnad, nid yn uniongyrchol yn y dweud nac yn guddiedig yn y delweddu. Rhaid ei fod wedi gwneud amdano'i hun cyn y geni. Wedi methu wynebu'r farn gyhoeddus. Yn amlwg roedd Annie, ar y llaw arall, wedi dod drwyddi'n arwrol ac wedi magu merch oedd yn glod i gymdeithas.

Cododd i wneud coffi a galwodd ar Math pan oedd yn barod.

'Mae'n amlwg dy fod ti'n cael hwyl arni,' meddai wrtho.

'Pam? Smo'r awen yn dod i ti'r bore 'ma?'

'Mm. Dwi'n trio dychmygu'r gwylia gawson nhw gyda'i gilydd ger y llyn. Mae 'na gyfres o gerddi am gwch a rhwyfo—wel, ddangosis i rai i ti—'

'Ie, ond smo hynny'n golygu'u bod wedi bod 'no mewn gwirionedd. Roedd y cwch rhwyfo'n symbol poblogaidd yn y ganrif ddiwethaf—shwd gymaint o arlunwyr yn darlunio'r cwch unig yn herio môr tymhestlog neu'n wag ar draethell bell neu gariadon yn rhwyfo fel un ar ddyfroedd tawel. Pardon my prolixity!'

A chwarddodd y ddau.

Aeth y si ar led fod Miss Gwilt yn ymadael â'r ysgol cyn y Nadolig. Yr oedd amryw o rieni, a welsai eu plant yn blaguro dan ei llaw fedrus a charedig, yn siomedig ond ni theimlai'r genhedlaeth hŷn y byddai'n golled anhraethol i'r gymdeithas leol gan na ddaethai'n rhan annatod o'r gymuned. Oherwydd ei hymlyniad i'w rhieni cymerai rhai'n ganiataol ei bod yn rhoi'r gorau i'w gwaith er mwyn edrych ar eu holau ond craffai'r lleiafrif llygadog yn fwyfwy ar gorff siapus Miss Gwilt. Er bod gwylio'r 'moves' wedi bod yn ddigon difyr nid oedd neb yn awyddus i weld helynt yn y pentref. Ni fyddai'r llai llengar yn eu plith wedi bod yn amharod i weld darostwng dyn a gadwai'i hun ar wahân ond arswydai hyd yn oed y rheini rhag sgandal yn y pentref. Rhywbeth i'r trefi mawrion oedd misdimanars neu o leiaf i blwyf arall lle y gallai pellter dynnu'r garw o'r sefyllfa. Efallai y rhôi ymadawiad yr athrawes ddiwedd ar bethau cyn iddynt fynd yn rhy bell—os nad oeddynt wedi mynd felly yn barod—ac ymhen ychydig o wythnosau ni fyddai'n rhaid i neb ddal ei wynt na'i dafod.

A'r wlad a gafodd lonydd, meddai Betsi wrthi'i hun pan glywodd y newydd gan Asarïah Lloyd. Un da am straeon oedd o, fel teilwriaid trwy'r oesoedd. Diolchai Betsi ei bod wedi cael clywed cyn i Miss Owen ddweud wrthi. Byddai'n barod amdani'n awr, hi a'i hen wên fach slei. Ar y pryd yr oedd wrthi'n gwneud yn siŵr fod y parlwr bach yn barod ar gyfer gofynion y mesur tra oedd y teiliwr yn gorffen cael tamaid yn y cefn gyda Baldwyn cyn cychwyn ar ei waith.

Tybed a oedd Agnes wedi clywed? A phan glywai tybed a fyddai'r newydd yn golygu rhywbeth iddi y naill ffordd neu'r llall? Yr oedd yn amhosibl dweud a oedd hi'n amau rhywbeth. Pan ddeuai i'r siop nid ymddangosai fod dim byd mawr ar ei meddwl. Yn wir, yr oedd golwg gwell arni'n ddiweddar, yn fwy fel dynes o gwmpas ei phethau, fel rhywun wedi cael goruchafiaeth arni'i hun.

Wrth i Betsi dynnu'r llenni les at ei gilydd i roi preifatrwydd i'r cwsmeriaid gwelai Agnes yn dod tua'r siop yn edrych, nid yn hapus yn hollol, ond yn hunanfeddiannol.

'Ydi Asarïah wedi cyrredd, Betsi?' gofynnodd yn syth wrth ddod drwy'r drws.

'Ydi, mae o yn y cefn yn cael cwpaned. Pam, oes rhywbeth yn bod?' Yr oedd yn ofni rhyw fath o helynt.

'Tybed oes gynno fo amser i 'mesur i am gostiwm? Ydi'i ddiwrnod o'n llawn?'

'Ydi, reit lawn, Agnes fach. Costiwm? Brensiach!

Ond falle medre fo'ch ffitio chi mewn rŵan cyn i'r cwsmer cynta gyrredd—'

'Ôn i wedi ffansïo'r brethyn du 'ma,' meddai gan bwyntio at rolyn ar un o'r silffoedd.

'Ond—'

Yr oedd Betsi ar fin dweud mai hwnnw oedd un o'r rhai drutaf yn y siop, ond gwyddai Agnes hynny'n burion. Yr oedd y pris yn glir arno.

'A'r *toque* ddu yna, Betsi.' Yr oedd wedi symud at adran fach yr hetiau. 'Fyddech chi mor garedig â'i rhoi naill du i mi? Ddaru mi 'i thrio hi'r diwrnod o'r blaen pan oedd neb yn y siop ac mae'n gweddu i'r dim i mi. Mi eith yn dda efo costiwm, 'dech chi ddim yn meddwl?'

'Glywsoch chi fod Miss Gwilt yn ein gadel ni, Mrs Aaron?'

'Wel, wel.'

Estynnodd Agnes ei braich allan a'i phlygu am i mewn yn ôl archiad tawel y teiliwr. Teimlai ysgafnder y llaw a ddaliai'r tâp mesur ar ei hysgwydd a braidd-gyffwrdd y llaw arall a godai ei phenelin y mymryn lleiaf wrth ddanfon y tâp at ei garddwrn. Crynai'n bigau bach drwyddi tra ysgrifennai Asarïah fesuriadau rhannau'i chorff fesul un yn ei nodlyfr.

'Ie, peth od braidd, mor fuan,' meddai'r teiliwr, ''dech chi ddim yn meddwl?'

Yr oedd â'i gefn tuag ati tra gwnâi ei syms. Oedd yna awgrym arbennig yn y cwestiwn? meddyliodd Agnes. Dichon y byddai o'n gweld gwahaniaeth ym mesuriadau Miss Gwilt petai'n gwneud dilledyn iddi heddiw, hyd yn oed petai neb arall wedi sylwi hyd yn hyn. Ni allai neb ddweud dim wrthi hi na wyddai yn barod ei hun. Mot oedd wedi datgelu'r gyfrinach. Er bod bodau dynol wedi ensynio digon, y ci oedd wedi dweud wrthi'n blaen. Nid oedd yn gi oedd yn cymryd at bawb, waeth pwy, ond bob tro yr âi Miss Gwilt heibio rhedai ati yn fwythau i gyd.

'Dwi ar frys braidd, Mr Lloyd, os gwelwch chi'n dda.'

'I fynd yn ôl i'r siop? Ydech, debyg. Mae'n ddiwrnod prysur ar Betsi Thomas heddiw.'

'Na, am y dillad oeddwn i'n feddwl.'

'Costiwm, os gwelwch chi'n dda!' meddai Betsi yn y gegin. 'Ti'n 'y nghlywed i, Baldwyn?'

'Siŵr, siŵr, Betsi fach. Y—costiwm?'

'Ie, ie, côt a sgert o'r un defnydd. Ffasiynol iawn.'

'Be sy o'i le yn hynny? Mae Agnes wedi byw'n ddarbodus iawn am flynyddoedd. Mae'n haeddu cael dillad newydd weithie.'

'Ie, ond dydi costiwm ddim yn brynu buddiol. Dydi'r gôt ddim yn taro efo dim byd arall ond y sgert sy'n perthyn iddi. Fase'n llawer gwell iddi gael côt sy'n mynd efo pob sgert. Dydw i ddim yn dallt be sy wedi dod drosti.'

'Waw!' meddai Barbara. 'Sut goblyn ddaru'r polîs fedru ffeindio'r hen beth bach yn y gwter?' gofynnodd, a'i thrwyn yn y papur tra oedd Margo a hithau'n cael coffi un bore. Roedd Margo'n gweithio yn llyfrgell y Coleg unwaith eto er mwyn bod yn agos at lyfrau cyfeiriadol ar gyfnod George Aaron i roi cefndir i'w stori. Hoffai ddisgyblaeth y lle hefyd; doedd hi ddim mor hawdd crwydro o gwmpas yn synfyfyrio yn y fan honno. 'Waw!' meddai Barbara eto ar ôl llwnc o goffi. 'Faswn i wedi hoffi bod yn bry ar y wal yn rhywle pan agorodd Lorena ffenest y car a'i luchio fo allan. Diolch, Mrs Bobbit. Ffling ar ran merched y byd.'

Tra safai wrth y bar yn y Felin yn archebu ei salad, clywai Margo sŵn chwerthin yn dod o'u cornel arferol. Nifer bach oedden nhw heddiw ond roedd digon o sŵn.

'*Synchronicity* maen nhw'n galw hynna,' meddai Gwerful, oedd wedi symud i'r ardal ers tro bellach.

'Gair newydd i mi,' meddai Cadi. 'Be oedd o eto?'

'*Synchronicity*,' meddai Gwerful eto, fel y cyrhaeddai Margo, 'pan mae hanesion tebyg yn dŵad yn un hwrdd yn y papura newydd, fel tasan 'na ryw fath o batrwm i newyddion—Mrs Bobbit un diwrnod a wedyn rhibidires o—o—'

Petrusodd am funud tra oedd y gweinydd yn dod â'i brechdanau tiwna, a'i gwên foddhaus fel petai'n hofran yn yr awyr.

'Ddigwyddiada anffodus cyffelyb?' awgrymodd Selin.

'Wyt ti 'di colli lot o hwyl, Margo,' meddai Bela. 'Amrywiada ar y thema. Dywad y stori 'na eto, Gwerful, am yr Eidalwr 'na'n—'

'Oes eisio gair newydd am rywbath fel 'na?' gofynnodd Margo. 'Ddim cyd-ddigwyddiad ydi o?'

'O, na, cyd-ddigwyddiad ydi rhywbath fel hyn,' meddai Gwerful. 'Bythefnos yn ôl dyma fi'n mynd adra o'r fan hyn ac fel rôn i'n cloi'r garej dyma gar melyn yn dŵad rownd y tro ac i fyny'r allt sy'n mynd am y mynydd heibio i'ch tŷ chi, Margo. Wythnos yn ôl yn union yr un peth yn digwydd eto ar yr union bwynt pan ôn i'n cloi drws y garej, yr enath 'ma'n dŵad eto—gwallt hir, du gynni hi ac yn gyrru fel fflamia. Rhyfadd, 'te?'

'Wel, ddim wir, Gwerful,' meddai Cadi. 'Y cwbwl mae o'n ddangos ydi fod gin ti dy rwtîn ar ddydd Mercher a hitha'r un fath, ac fel wyt titha hefyd, yntê Margo, yn mynd i Blas Tirion.'

'Fydda i'n meddwl weithia, Bodo Bec, tybad oedd hi'n anllythrennog.'

Bu'n meddwl am Agnes ar hyd y ffordd i Blas Tirion.

'Anllythrennog? Mrs Aaron? Mae'n anodd gen i gredu hynny. Dim diddordeb mewn llyfre, falle, a ddim yn wraig oedd yn ei siwtio fo, felly clywes i, ond go brin ei bod hi'n anllythrennog. Dêr, doedd hi'n gallu cymyd rhan? Rhaid fod 'ne rywbeth yn'i hi.'

'Cymyd rhan?'

'Ie, yn y Cyfarfod Gweddi. Dwi'n ei chofio hi'n iawn—pan oedd hi'n wraig weddw, yndê, ar ôl ei ddyddie fo. Hi fydde'r cynta i gymyd rhan. Ges i dipyn o fraw un tro—dim ond plentyn oeddwn i— y gweinidog yn gofyn i bobol ddod ymlaen i weddïo os oedden nhw'n teimlo ar eu c'lonne—O, fydde'n gas gen i'r foment honno achos fel arfer fydde 'ne dipyn o saib ar ôl iddo fo ddeud hynny— pawb yn edrych yn syth o'u blaene fel 'taen nhw ddim wedi clywed a finne'n gneud yr un peth rhag ofn imi ddal llygad y gweinidog ac iddo gydio yno' i a'n llusgo i i'r tu blaen! Ond yr un rhai fydde'n

134

mynd ymlaen bob tro bron. Doedd Dad bach ddim yn un am gymyd rhan. Holi'r Bennod oedd ei *forte* fo, yn y Gymanfa Ysgolion. Chaet ti neb gwell na dy daid am Holi'r Bennod. Fydde pawb yn deud yr un peth. Wyt ti'n ei gofio fo, 'ndwyt ti?'

Pennod 11

. . . Cryna'r dŵr—drwy'r llwyni hesg—
Meysydd Elysaidd penhwyaid—
Cerrynt croes—drwy'r deyrnas goll—
Yn deffro llysywod y llaid.
Yn y gwyrdd—
Lliw y gwaed!

'Cwn dy galon lan, 'chan. Beth sy'n bod 'da ti, George?'

Yr oedd yn un o'r prynhawniau hynny pan gâi George a'i griw bach llenyddol, newyddiadurol eu seiat wythnosol yn un o dafarndai Caerdydd.

'Lugubrious—nay, suicidal. We'd better prepare his obituary notices, boys.'

'Jiw, jiw, fel arfer rŷn ni'n gorfod taflu dŵr oer am dy ben di, George, rwyt ti shwd gymaint ar dy uchel fannau.'

'Clywch, clywch, llond bola o *joie de vivre* yw hi fel arfer, yn enwedig yn ddiweddar, ond nawr dy fod ti o fewn cyrredd 'bennu cyfrol gynta'r *chef d'oeuvre* mae'r felan arnot ti, myn yffech i.'

'Dim o gwbwl, dim o gwbwl, gyfeillion. Dim ond megis dechre magu tipyn o *sang froid* y ddinas ydw i. Mae'r gwladwr mwyaf afieithus yn bownd o ddysgu rhywbeth yn y diwedd oddi ar fois gwaraidd y wasg.'

'Ŷn ni dan y lach, bois.'

'But underneath the flippancy and cynicism of his conversation there lay an undercurrent of sadness and vexation of spirit which he could not shake off or hide from those with whom he was on familiar terms.'

'Gan bwyll nawr, Jack.'

'O, 'na fe, mae'n bryd i mi fynd, 'ta p'un. Tan yr wythnos nesa felly, ife?'

'Fydda i ddim yma, mae arna i ofn,' meddai George. 'Rwy'n gorfod mynd adre yfory, i gyrchu rhyw bapure at 'y ngwasanaeth, a gwneud ychydig o drefniade—paratoade ar gyfer cyhoeddi, 'dech chi'n deall.'

'Mae'n dda 'da fi glywed. Hen bryd i ti fynd sha thre, êd. Leciwn i gael gwraig sy'n credu mewn rhyddid! Pryd ddoi di'n ôl y tro hyn?'

'Rwy'n mynd ddydd Mawrth, sef yfory, a 'mwriad i yw dychwelyd fore Sadwrn.'

Syllai ar y llawr wrth siarad. Er ei fod yn dyheu am ei fywyd newydd yn Llundain maes o law, nid edrychai ymlaen at dreulio yr hyn oedd yn debygol o fod yn ddyddiau olaf iddo yn Llawr-cwm. Mynd yr oedd i gasglu popeth oedd yn angenrheidiol iddo, ac wedi cyrraedd yn ôl i Gaerdydd fe ysgrifennai at Agnes i esbonio'r sefyllfa ac i'w sicrhau y byddai yn ymorol am ei lles. Yr oedd wedi ei ddarbwyllo'i hun mai felly y byddai orau.

'Wel, fachgen, mae'n debyg dy fod yn sawru'r *mutton chops* yn barod. Does dim byd fel bwyd cartre.'

'A gwraig i estyn dy goler a cyffs i ti, George.'

'Ie, ie, ond 'na fe, George, mae 'da pawb ei groes ti'n gweld. Cymer di fi'n awr—mynd sha thre i de a *note*, fachgen—noson pwyllgor 'da'r wraig heno a bydd fy mwyd wedi'i adel ar y bwrdd a nodyn, "Annwyl Ned, cofia ddod i'm moyn am wyth o'r gloch". Hwyl nawr 'te, George, a dere am gin'o dydd Sul gynted ag y deui'n ôl.'

Bod yn wirion yr oedd hi, gwyddai hynny. Rhaid fod cannoedd a miloedd o ferched ifainc efo gwallt du, hir o gwmpas Llanadda. Ond drannoeth, ar ôl clywed stori Gwerful, câi Margo ei thynnu i fynd heibio i dŷ'r eneth-yn-y-glaw. Yn wir, cawsai ei themtio i ruthro adref yn syth o'r Felin y pnawn hwnnw neu o leiaf i fynd adref yn anarferol o gynnar o Blas Tirion. Yr unig beth a'i rhwystrodd, am a wyddai, oedd fod arni ofn i Gwerful sylwi ar y newid sydyn yn ei threfniadau. Hynny, a'r llais bach y tu mewn iddi yn dweud wrthi am beidio â bod mor hurt.

Cofiai yn iawn pa dŷ oedd o er bod misoedd wedi mynd heibio. Roedd yr olygfa'n dal mor fyw yn ei chof, yn un o'r rheini a lynai yn y meddwl. Parciodd y car yn y lle cyfleus cyntaf, ac edrych o'i chwmpas am gar melyn. Cerddodd ar hyd lôn gefn byllog y tai i'r un perwyl ond doedd 'na'r un yno chwaith. Daeth at ffrynt y tai unwaith eto. Cerddai un neu ddau yn dalog ar hyd y pafin lle y gwelsai'r eneth y diwrnod gwlyb hwnnw, a theimlai nad rhywbeth fel hyn oedd byw, rhyw stelcian yn ddiawydd o ganlyniad i baldaruo'r blydi wacs donci. Ond efallai y câi rhyw gliw bychan, fel enw ar gloch, meddyliodd, a dechreuodd sionci er mwyn cael yr holl gybôl drosodd ac allan o'i meddwl.

Tŷ mawr wedi'i droi yn bed-sits a fflatiau oedd o fel y rhan fwyaf yn y rhes, a hyd yn oed petai'n digwydd taro ar yr eneth gallai'n hawdd gymryd

arni ei bod yn galw i weld un o'r tenantiaid eraill.
A doedd dim rheswm pam y dylai hi wybod pwy
oedd Margo. Dringodd y stepiau at y drws ffrynt a
chraffu ar yr enwau gyferbyn â'r pedair cloch.
Roedd rhywun ag enw estron yn trwsio feiolinau ar
y llawr uchaf ond roedd yr inc wedi mynd yn rhy
wan iddi allu darllen enwau'r lleill. Cerddodd yn
ôl at y car yn teimlo'n flin efo hi'i hun.

Nid aethai Agnes i roi help llaw yn y siop ers
dyddiau. Gofynnodd am gael ei hesgusodi gan fod
llawer ganddi i'w wneud: rhoi sglein ar y tŷ, newid
dillad y gwely, paratoi bwyd ar gyfer dydd Mawrth
pan gyrhaeddai George. Bore Llun llanwodd bob
sosban a thegell o'i heiddo fel bod ganddi ddigon o
ddŵr poeth i'r twb ar ddiwedd y dydd. Un o
bleserau bywyd iddi oedd ymolchi yn y twb yng
ngolau'r tân.
    Yn hwyr y noson honno, a'r stêm yn codi o'r
dŵr, edrychodd o gwmpas yr ystafell wrth agor
botymau ei blows yn ara deg. Yr oedd yr olygfa yn
ei phlesio—y canwyllbrenni pres yn sgleinio ar y
silff-ben-tân; Mot yn gorwedd yn erbyn y ffender
a'i gôt fel sidan; gwydr y lamp yn glir fel crisial.
Gwnaethai esgus i alw Betsi a Miss Owen i mewn
i'r tŷ fesul un yn ystod y dydd er mwyn iddynt allu
tystiolaethu bod pob cysur teuluaidd gan George
Aaron, ac aelwyd gyfforddus i ddod iddi o bob man.
    Wrth droi ei phen i edmygu'r cyfan cafodd gip
arni'i hun yn y drych. Edrychai ei gwallt yn dda,
wedi'i blethu'n ofalus o amgylch ei phen. 'Fyddai'n
ddim gwaeth ganddi weld effaith y tôc fel coron
arno unwaith eto. Rhedodd i fyny'r grisiau i'w nôl

o'r cwpwrdd dillad yn y llofft sbâr. A waeth iddi roi'r costiwm amdani yr un pryd. Rhoddasai Asarïah flaenoriaeth i'w harcheb, ar ôl ymgynghori â Baldwyn a Betsi yn y cefn. Gwisgodd yn frysiog a syllu arni'i hun yn y glàs hir ar ddrws y cwpwrdd. Trodd yn ei hunfan. Ia, dyna'n union sut yr oedd arni eisiau edrych, sut y bu'n dychmygu'i hun wrth orwedd yn ei gwely'r nos—yn urddasol, yn ddewr, yn gyfiawn, yn wrthrych tosturi, yn—hardd? Yr oedd torri crefftus Asarïah wedi medru cuddio'r tonnau o gnawd, neu efallai fod ei glyfrwch wedi troi'r beiau yn rhinweddau.

Yn y twb yn ddiweddarach gwenodd. Yr oedd y dŵr yn braf, i'r dim, heb fod yn rhy boeth. Pedwar diwrnod arall. Yr oedd popeth yn mynd yn dda. Dychmygodd ei hun yn paratoi'r twb i George nos Wener tra byddai yntau'n rhoi min ar ei rasal. Byddai bob amser yn eillio y noson cynt.

'Fedrwn ni ddim gneud rhywbath, Celt?' gofynnodd Selin. 'Cofia, dwi'n meddwl mai deud yn ddiniwad ddaru Gwerful ond ei fod o fel tamaid arall o'r jig-so i ni, 'nde?'

'Rhyfadd i ti sôn achos mi welis i Math bora 'ma ar risia tŵr stafelloedd y staff. Mae'r busnas Moira 'ma 'di bod ar 'y meddwl inna hefyd.'

'Wnest ti ddim sôn yn blwmp ac yn blaen am y peth, gobeithio?'

'Mae gin inna dipyn bach o tact,' cariad. Ges i syniad reit dda ôn i'n meddwl—ei alw o i mewn i'n stafall i, i sôn am y parti.'

'Pa barti?'

'Y parti Dolig 'dan ni'n feddwl ei gael cyn

diwadd y tymor a chyn i'r plant orffan eu tymor nhwtha yn y coleg.'

'O, ia?'

'Ti'n gwbod yn iawn, paid â rwdlan. Mae pawb 'di mynd i'w ddisgwyl o erbyn hyn—un o dy bartis enwog di—a fedrwn ni mo'u siomi nhw.'

'O? Iawn. Ta waeth, dos yn dy flaen.'

'Wel, dyma fi'n deud ein bod ni'n gobeithio y basa Margo ac yntau'n gallu dŵad, a mi ddaeth 'na gysgod dros ei wyneb o, a mi fachis inna 'nghyfla a deud na fasan ni'm yn gwadd Moira os oedd hynny'n ei boeni o.' Fel arfer byddent yn ei gwahodd i'r parti Dolig oherwydd y cysylltiad teuluol ond roedd wedi methu dod y llynedd, neu wedi dewis peidio. '"Maddau i mi am fusnesa, Math," medda fi, "ond fel ti'n gwbod mi ddigwyddis ei gweld hi yn—" a mi roth ei law allan i'n stopio i ac eistadd i lawr i ddeud yr holl hanas fel tasa fo'n falch o gael agor ei galon wrth rywun. I dorri'r stori'n fyr—Moira sy'n ei blagio fo. Eisio babi. O, fasa hi ddim yn ei boeni o byth wedyn nac yn gneud dim byd ag o, y basa hi eisio bod yn rhydd i fyw ei bywyd ei hun ac yn y blaen—'

'Wyt ti'n coelio hynna?'

'Wel, mae'n digwydd.'

'Yndi, wn i, mae'r byd 'di newid ond fedra i ddim peidio teimlo'n yr achos hwn mai rhyw fath o drap ydi o. Mi ddylia fo ddeud wrth Margo, cyn i rywun arall ddeud rhywbath wrthi.'

'O, mae o'n mynd i ddeud cyn gynted ag y bydd o 'di medru darbwyllo Moira nad oes 'na ddim gobaith. Ar hyn o bryd mae hi'n ei ymlid o 'mhobman. Does gynno fo'm eisio i ddim byd amharu ar serch ei fywyd, medda fo.'

Pan gyrhaeddodd y trên brynhawn Mawrth meddyliai Agnes fod ei gŵr yn edrych yn welw a blinedig, ei fochau'n fwy pantiog a'r cernau'n amlycach, yn debycach, yn wir, i'r olwg oedd arno yn nyddiau cynnar 'y cludydd llengar' pan weithiai'n galed i wneud ei farc yn yr eisteddfodau a chyn hynny pan ymlafniai gydag arholiadau South Kensington. Casâi y dyddiau hynny pan oedd George, yn ôl y sôn, yn seren y dosbarthiadau yn y dref, a hithau'n ofni y byddai'r Lladin a'r Ffrangeg yn ei ddwyn oddi arni.

Oedodd George ar y platfform i siarad â rhai o'i gydnabod a ddigwyddai fod yno, yn eu plith y gorsaf-feistr, a roes groeso tywysogaidd iddo. Edrychai George yn rasol arno o uchelder ei chwe troedfedd ac eto'n fwy gwargam, sylwai ei wraig, nag ydoedd pan oedd yno fel gwas. Yr oedd yn amlwg yn mwynhau gwrogaeth y cylch o edmygwyr, a adroddodd wrth eu cymdogion yn ddiweddarach yr wythnos honno ei fod mewn hwyliau da.

Ar y ffordd adref, pan oeddynt eu hunain am y tro cyntaf, yr oedd y ddau'n dawedog a'u breichiau'n disgyn yn syth wrth eu hochrau yn dal darnau o lygej. Cerddasant dros y bont yn sŵn y dail ym mrig y coed a murmur yr afon, y naill a'r llall yn ei feddyliau'i hun. Achubodd hi'r blaen arno wrth nesáu at y tŷ. Oedd, mi roedd hi'n fwy hunan-feddiannol, sylwodd George. Yn rhyfedd, bu'n poeni ar un tro mai Agnes oedd yr un na fedrai ymdopi yn y dyfodol ond efallai mai camsyniad oedd hynny.

Daethai Margo i'r casgliad y dylai roi'r gorau i'r nofel am ysbaid. Doedd hi ddim wedi cael llawer o hwyl arni'n ddiweddar. Bu'n byw'n rhy agos at George ac Annie—ac Agnes—yn fwyfwy gydag Agnes—ac âi stori'r tri'n fwy o boendod o hyd iddi nag o bleser. Ddoe bu am ddwyawr yn llyfrgell y Coleg heb sgrifennu gair, a'i phen yn ei dwylo yn syllu ar y papur neu'n astudio'r enwau a'r geiriau anllad a grafwyd ar y bwrdd pren swmpus o'i blaen gan genedlaethau o fyfyrwyr llawn mor gyndyn â hithau i fwrw iddi.

Wrth ddod oddi yno daethai ar draws ei Chweched Dosbarth annwyl gynt oedd bellach yn fyfyrwyr yn y Coleg. Byddai'n rhaid iddi eu gwadd i Dŷ Twr, meddyliodd ar y ffordd adref. Pethau i fynd â'i meddwl, dyna oedd arni angen. I gadw'r amheuon draw. Eu gwthio o'r neilltu. Parti Selin a Celt, roedd hwnnw ganddi i edrych ymlaen ato. A digon i'w wneud i baratoi ar gyfer Dolig. Doedd dim gobaith perswadio Bodo Mac i adael ei chathod a dod atyn nhw. Mwy na thebyg yr âi allan i saethu ffesant ar gyfer ei chinio; hen goedwal y plas oedd y tir nesaf at Dy'n Rhedyn ac roedd ambell goediar yn dal i redeg yno. Ond fe ddeuai Bodo Bec atyn nhw am ddiwrnod neu ddau fel y llynedd. Aent i'w nôl yn y car a dod ag Ada a Beatrice am bryd hefyd gan nad oedd ganddyn nhw berthnasau yn byw yn agos—wel, efallai nad Beatrice gan nad oedd hi ddim cystal yn ddiweddar. Petai eraill yn bresennol ni châi Bec a

143

hithau eu temtio i siarad am Lawr-cwm chwaith. Mae'n bosib y câi pawb ddigon ar Birmingham yn ystod yr Ŵyl, ond doedd dim gwahaniaeth ganddi glywed eto am le niwtral felly. Roedd yn rhaid iddi gael seibiant oddi wrth y cwm clawstroffobaidd.

Yr oedd yn ddydd Gwener a dyddiau George yn ei gartref yn dirwyn i ben. Aethai'r amser heibio yn syndod o foddhaol ar yr wyneb. Y drws nesaf ni allai Baldwyn a Betsi lai na nodi'r distawrwydd. Fwy nag unwaith yn ystod ymweliadau George clywsent sŵn lleisiau'n codi ond y tro hwn ymddangosai fod popeth yn dda. I George, aethai pethau yn well na'r disgwyl. Roedd Agnes wedi mynd o gwmpas ei dyletswyddau'n dawel, yn barod ei chymwynas gyda'r pacio a'r paratoi, fel ar gyfer sbel faith arall yn y llyfrgelloedd. Gwnâi hynny yn rwgnachlyd fel rheol ond y tro hwn fe'i gwnaeth yn ddethau ac yn ddistaw. Ac eto teimlai George ei bod yn ei wylio. Ni fu llawer o sgwrsio rhyngddynt, na dim agosrwydd, ond yr oedd hynny'n siwtio George yn iawn, yn gwneud y cyfnod yn haws ei oddef. Rhyw led-fyw ydoedd ond cyn bo hir byddai'n rhydd, gyda'r un oedd yn cadw'i phellter yn nhŷ Miss Owen; fe'i gwelai o ffenestr ei lofft bob bore yn cychwyn am yr ysgol a dotio at aeddfedrwydd lluniaidd ei chorff. Mot oedd y mwyaf anesmwyth i bob ymddangosiad allanol. Âi drwy'r tŷ yn udo'n ddistaw ac yn synhwyro'r paciau oedd yn hel o gwmpas y lle. I Agnes yr oedd fel petai yntau'n gweld gwedd derfynol ar y casglu ynghyd.

Un noson pan oedd Agnes yn y Cyfarfod

Gweddi aeth George drwy bob cwpwrdd yn y tŷ er mwyn gwneud yn siŵr nad oedd yn gadael rhywbeth pwysig ar ôl, ei gyfle cyntaf i chwilota'n iawn heb fod llygaid barcud Agnes arno. Dyna pryd y gwelodd y dillad newydd a'r het. Nid oedd hi wedi sôn amdanynt na'u dangos. Am eu bod yn rhan o'i hannibyniaeth efallai.

Yn y Cyfarfod Gweddi nid oedd bryd Agnes ar y defosiwn. Eisteddai'n dawel, yn ôl ei harfer, ar ochr y merched yn y festri. Yr oedd ei thu mewn yn crynu ac wedi bod yn crynu ers dyddiau, ond nid gan ofn. Bu'n falch o ddod allan o'r tŷ oherwydd y straen o gadw'i theimladau dan wastrodaeth yn y fan honno, ond llwyddasai hyd yma. Ac unwaith eto, fel yn y gwely neithiwr ac echnos pan orweddai yn effro ac yn llonydd wrth ochr ei gŵr, aeth dros fanylion a chamau'r cynllun yn ei meddwl.

Nid aeth Margo i weld Bec y pnawn Mercher canlynol. Roedd wedi mynd yn rheidrwydd arni i newid ei threfniadau. Yn lle mynd i'r Felin arhosodd yn y Coleg a mynd adref ganol pnawn. Gyrrodd yn gyflym a phan ddaeth at y fan lle y gwyddai y gellid gweld Tŷ Tŵr oddi yno ni chododd ei golygon i weld oedd Math yn y ffenest. Fyddai o ddim yno, wrth gwrs, oherwydd roedd hi'n gynnar. Fyddai o ddim yn ei disgwyl mor fuan. Arafodd wrth nesáu at y tro ger tŷ Gwerful; doedd arni ddim eisiau cael ei gweld ar gymaint o ffrwst. Er ei bod yn dod o'r cyfeiriad arall heddiw roedd gan dŷ ar y gornel bob mantais. Throdd hi mo'i phen ond drwy gil ei llygad tybiai y gallai weld rhywun yn sefyll yn y gegin. Cymerodd gip ar gloc y car unwaith eto. Byddai, mi fyddai Gwerful wedi dychwelyd o'r Felin ers cryn hanner awr. Tybed wyddai hi'r effaith a gafodd ei geiriau wythnos yn ôl? Ei bod wedi llwyddo i aflonyddu ar ei heddwch i'r fath raddau nes peri iddi loetran yn y Coleg tan ar ôl amser cinio, a siomi Bec, ac ildio i'r amheuon a'i blinai'n ddi-baid nes bod yn rhaid iddi ruthro adref i'w profi'n wir.

Roedd y drws ar glo. Fyddai Math byth yn cloi'r drws pan fyddai gartref. Edrychodd o'i chwmpas. Drws y garej ar gau. Dim car melyn i'w weld yn unman, ond roedd digon o lefydd i'w guddio ar lôn y mynydd. Ymbalfalodd yn ei bag am oriad i'r tŷ ond methodd â dod o hyd i un. Roedd yn colli amser prin. Byddai sŵn injan y car eisoes wedi rhoi rhybudd. Wyddai hi ddim beth i'w wneud. Yna cofiodd am y goriad sbâr nad oedden nhw erioed wedi gorfod troi ato hyd yma yn y coedyn seiprys a dyfai mewn twb ar y teras o flaen y tŷ. Roedden nhw wedi llongyfarch ei gilydd ar ddod o hyd i guddfan mor slei, wedi lapio'r goriad mewn tamaid o neilon gwyrdd tywyll yn dynn a thaclus, fel rhwymo babi, a'i ddodi yng nghôl un o'r brigau a dyfai'n syth am i fyny'n glòs. Rhoes ei braich i mewn at ei chesail i deimlo amdano, ond yn ofer. Aeth am y brigau a'u chwalu, eu hagor a'u tynnu am allan er mwyn goleuo'r canol tywyll, nes gweld y pecyn bach yn gorwedd yn ei le.

Rhoes y goriad yn y clo. Camodd dros y trothwy'n ddistaw a sefyll i wrando yn y cyntedd gan adael y drws ar agor. Roedd rhyw lonyddwch disgwylgar yn y tŷ. Curodd ei chalon wrth iddi glywed smic ond roedd yn dŷ oedd yn llawn o wichiadau ysbeidiol yn y distiau. Cychwynnodd peiriant yr oergell yn y gegin, rhyw sbardun sydyn cyn tewi drachefn. Dechreuodd ddringo'r grisiau a thipiadau'r cloc mawr ar y landin yn annaturiol o uchel yn ei chlustiau. Gwelai fod drws y llofft yn gilagored a chadwodd ei threm arno wrth deimlo'i ffordd i fyny'r tro yn y ganllaw.

Ac yna sŵn car yn y buarth a Math yn brysio i mewn, yn cau drws y tŷ ar ei ôl ac yn mynd yn syth i'r gegin gan alw'i henw. Dychwelodd i'r cyntedd i weiddi eto ac wrth edrych i fyny'n ei gweld am y tro cyntaf yn sefyll fel delw ar y grisiau.

'A, da iawn, cariad,' meddai, 'ti adre'n gynnar. Oes rhywbeth o'i le?'

Ysgydwodd hithau'i phen yn ara deg.

'Golwg oer arnat ti, Margo fach. Mi wna i ddishgled o de i ni'n dau. Ar y ffordd lan 'ta lawr wyt ti?'

Aeth yn ei blaen i fyny'r grisiau. 'Ôn i'n meddwl y basat ti yma o 'mlaen i,' meddai.

'Gormod o waith 'da fi i'w gwbwlhau cyn diwedd y tymor,' fe'i clywodd yn gweiddi wrth iddo fynd drwodd i'r gegin.

Daliodd hithau yn ei blaen nes cyrraedd y llofft. Eisteddodd ar y gwely, a thaenu ei llaw dros y cwrlid gwyn.

Daethai nos Wener a gofalodd Agnes roi Mot yn ei gwt allan cyn gosod y twb o flaen y tân. Bu yn yr orsaf gyda George yn gynharach yn ei helpu gyda'r paciau. Gan eu bod yn rhy niferus i'w cario ar un cludiad at y trên cynnar fore Sadwrn yr oedd y gorsaf-feistr wedi bod yn barod iawn i gloi'r twr cyntaf ohonynt yn ei swyddfa'i hun dros nos. Addawodd y byddai porter yno i helpu George yn y bore a bu sgwrsio hapus braf rhwng y tri ohonynt cyn i'r ddau gychwyn yn eu holau am damaid o swper.

Daliai Agnes y tywel o flaen y tân yn awr. Yr oedd wedi gofalu rhoi tanllwyth o lo arno cyn mynd i'r stesion er mwyn berwi'r dŵr a chael digon o fflamau i oleuo'r ystafell. Troes y lamp i lawr. Dyna fo. Edrychai'r gegin yn ddeniadol, yn frith o gysgodion tyner a fflachiadau gwibiog yn goreuro'r canwyllbrenni a'r jygiau llathrliw ar y ddreser. Dyma'r union awyrgylch y bu'n breudd-wydio am ei greu. Fel y camai ei gŵr o'r twb byddai yno fel llawforwyn yn y golau rhamantus, yn dal y tywel cynnes yn barod i'w lapio amdano. Fe afaelai'n dynn ynddo, ei gofleidio'n garuaidd, anwylo'i gorff o dan y lliain, deffro'i gnawd. Gwyddai y byddai'n ymateb. Ni feiddiai dynnu'n ôl a chreu hafog ar y munud olaf fel hyn. Byddai gormod o ofn arno godi amheuon ynddi, a boddi yn ymyl y lan pan oedd popeth fel petai'n mynd o'i blaid yn ddi-stŵr. Ni fentrai golli'r cyfle i ddianc yn rhwydd drannoeth wnelo'r mymryn o garu brysiog a ddaethai'n arferol ar eu noson olaf. Ond y tro hwn y hi fyddai'n pennu'r amser a'r lleoliad.

Aeth ar flaenau'i thraed i'w wylio drwy gil drws y gegin gefn. Yr oedd yr eillio yn tynnu tua'r terfyn a'r rasal yn gwneud ei gwaith yn effeithiol. Aeth yn ei hôl a dechrau tywallt y dŵr i'r twb.

Pennod 12

Toc wedi deg oedd hi a Betsi yn paratoi i noswylio. Yr oedd ffenestr y llofft yn gilagored a chlywai sŵn gweiddi yn rhywle wrth iddi gyrraedd pen y grisiau. Rhyw ganllath i ffwrdd yr oedd gwesty'r West Arms ac weithiau yn hwyr y nos deuai ffarwelio swnllyd o'r fan honno, ond nid sŵn stryd oedd hwn ond sŵn sgrechfeydd o fewn waliau tŷ ac o gyfeiriad tŷ George ac Agnes y deuai. Safodd i wrando wrth y ffenestr a edrychai dros yr ardd oedd rhwng y ddau dŷ. Bu'n ofni hyn; yr oedd pethau wedi bod yn rhy dawel. Clywodd un floedd fawr ac yna distawrwydd. Ar ôl rhai munudau caeodd y llenni a gwneud ei hun yn barod am y gwely. Diolch byth, ymddangosai fod y ffraeo drosodd. Eto, wrth orwedd yn y gwely, daliai i glustfeinio. Na, dim byd. Byddai Agnes yn ôl yn y siop drannoeth fel petai dim byd wedi digwydd a chymerai hithau arni na chlywsai ddim.

Dechreuasai hepian pan glywodd sŵn curo. Yr oedd rhywun yn dyrnu'r drws cefn a chlywodd leisiau. Llais Baldwyn oedd un—ac Agnes oedd piau'r llall. Brysiodd i lawr y grisiau a'r gannwyll yn ei llaw a dyna lle'r oedd Agnes yn gorwedd ar y llawr oer mewn llewyg a golwg mawr arni, ei bodis wedi'i rwygo a gwaed wedi'i daenu ar hyd ei hysgwyddau a'i gwddw.

'Be ddeudodd hi wrthot ti, Baldwyn?' gofynnodd Betsi wrth i'r ddau ei chodi'n ofalus a'i rhoi i orwedd ar y soffa. 'Glywes i chi'n siarad.'

'Cer i nôl gwrthban i roi drosti, Betsi fach, a mi ro inne chwaneg ar y tân.'

'Glywes i hi'n dweud rhywbeth, Baldwyn, wrth i ti agor y drws. Be oedd o? Mi roedd 'ne ffrae fawr wedi bod, ysti.'

'Mwy na ffrae, Betsi. George wedi trio'i lladd hi. Dyna ddeudodd hi wrtha i.'

'Diolch i'r drefn ei fod o wedi methu. Brandi, dyna sy eisie arni hi, Baldwyn. Picia draw i'r West Arms am dropyn ac mi olcha inne'r gwaed 'ma i ffwrdd.'

'Na, na, Betsi, gwell peidio gwneud hynny, rhag ofn.'

'Dwyt ti rioed am riportio hyn, Baldwyn? Anghofia dy fod ti'n Ustus Heddwch, da ti. Gadwan ni hyn yn ddistaw. Mae George yn mynd i ffwrdd bore fory a wedyn fydd neb ddim callach.'

'Doctor Lewis yn digwydd bod yn y West Arms, Betsi, ac mi feddylies i y base'n well gofyn iddo fo ddod draw yma.'

Rhoes hyn dipyn o ysgytwad i Betsi ac eto yr oedd yn rhyddhad iddi ar yr un pryd oherwydd, er bod Agnes wedi ymateb i'w gweini petrus ac wedi dadebru i ryw raddau, cawsai gyfle tra bu Baldwyn allan i sylwi ar yr anafiadau ar law dde Agnes. Wrth sychu peth o'r gwaed a pharatoi cadachau gwelodd olion fod rhywbeth miniog iawn wedi torri'r cnawd ar gledr y llaw mewn llawer man fel petai hi wedi bod yn brwydro'n galed i dynnu llafn cyllell oddi ar—berson arall, neu o bosib fel petai'r person arall hwnnw—George!—wedi bod yn brwydro am ei einioes i dynnu'r gyllell—neu'r rasal?—oddi arni hi. Efallai mai ei waed o oedd ar

Agnes. Dyn a ŵyr faint o ddifrod yr oedd y llafn wedi'i wneud yn yr ymrafael.

'Fedrwch chi ddweud wrtha i beth ddigwyddodd, Mrs Aaron?' gofynnodd y meddyg.

'O, dwi'n rhy derfysglyd, doctor, ond diolch 'mod i wedi cael 'y mywyd.' Caeodd ei llygaid. 'Wedi cael gwaredigaeth o grafanc angau.'

Nid ynganodd yr un gair am ei gŵr, na mynegi bod unrhyw angen pryderu am ei gyflwr corfforol. Felly pan aeth Baldwyn a'r meddyg draw i'r drws nesaf nid oeddynt yn disgwyl gweld George Aaron yn farw gelain ar y llawr mewn pwll o waed.

'Blwyddyn Newydd Dda, Bodo Bec,' meddai Margo, gan estyn yr un dymuniad i Ada a Beatrice.

Hwn oedd y tro cyntaf iddi fynd i Blas Tirion ers Dolig.

'"'Nghalennig i'n gyfan, ar fore Dydd Calan",' llafarganodd Bec. 'Dene fydden ni'n ganu wrth fynd o gwmpas Llawr-cwm erstalwm. Bag gynnon ni i ddal y pethe da gaen ni, ac incil yn ei ddal o rownd ein gyddfe ni—'

'Be?'

'Incil—tâp—incil oedden ni'n ei alw o—ac mi roedd y bag yn mynd yn drwm ysti, achos fydde pawb yn rhoi rhywbeth i ni.'

'Pawb ond Mrs Aaron?'

'O, daen ni byth i gnocio wrth ddrws Mrs Aaron.'

'Dwi'm yn dallt pam. Doeddach chi ddim yn teimlo drosti hi? Wel, na, plant oeddach chi, wrth gwrs—ond mae'n rhaid ei bod hi'n ddynas drist iawn, ac unig?'

'Meddwl ei bod hi'n un ryfedd oedden ni.

Ddeudes i wrthot ti amdani yn y Cyfarfod Gweddi, on'd do?'

'Ddaru chi ddeud ei bod hi'n cymyd rhan, 'na i gyd.'

'O? Ôn i'n meddwl 'mod i 'di deud fel y ces i fraw yn y Cyfarfod Gweddi un tro? Clywed llais cry' y tu ôl i mi—"A oes gobaith am achubiaeth?" Mrs Aaron wedi sefyll i fyny ac yn adrodd y geirie wrth gerdded i lawr i'r tu blaen. "Oes maddeuant am bob bai?" Fedra i 'i chlywed hi rŵan—"Oes, medd Duw, o'r nef yn eglur," a'r un peth gaen ni o hyd ac o hyd gynni hi wedyn. Be ydi hynny ond cydwybod euog yn siarad?'

'Cydwybod euog? Ond doedd dim bai arni hi ei fod o wedi lladd ei hun. Y fo oedd wedi pechu.' Tybed pam oedd hi wedi'i roi o fel yna, meddyliodd? Doedd hi erioed wedi mynegi barn foesol o'r blaen, erioed wedi collfarnu George. 'Tybad nad cyfeirio ato fo oedd hi, Bodo Bec, at Mr Aaron, ei bod hi 'di tyneru tuag ato fo gyda'r blynyddoedd ac yn gobeithio y câi o faddeuant am ladd ei hun ac am—'

'Lladd ei hun?' Estynnodd Bec am ei ffon a chodi o'r gadair heb dynnu ei llygaid oddi ar Margo. 'Lladd ei hun?' meddai wedyn yn uwch. 'Nid dyna ddigwyddodd o gwbl. Wyddet ti ddim? *She cut off his penis!*'

Ar y ffordd adref roedd Margo yn gynnwrf drwyddi. A dyna oedd y ffordd allan wedi bod i Agnes! Bu pob gair o eiddo Bec fel cernod iddi. Mynd am y gala! Ac ar y pryd, fel mewn breuddwyd, gwelsai Beatrice yn dechrau bywiogi fel petai'n cofio rhyw bwt o limrig am eiliad cyn rhoi ei phen yn ôl ar y gadair drachefn a syllu i'r gwacter. Ac Ada—roedd hithau wedi clywed—pwy allai beidio?—yn gwenu wrth gael ysbrydoliaeth sydyn dros y bwrdd Scrabble. Teimlodd Margo ryw ysfa i chwerthin yn aflywodraethus a chydiodd yn ei chadair i'w sadio'i hun. Gwyddai fod yn rhaid iddi fynd, na allai aros yno funud yn hwy. Ar hynny cyrhaeddodd y te a gwelodd ei chyfle i ddianc.

'Tut, tut, Ada,' meddai'r nyrs wrth estyn cwpanaid iddi, 'you're not supposed to know words like that.'

Mymryn o gellwair diniwed, ac eto, cofiai Margo iddi feddwl hyd yn oed ynghanol ei therfysg mewnol ar y pryd nad oedd y sylw'n hollol rydd o syniad nawddoglyd yr ifanc am yr hen, sef nad oedden nhw erioed wedi byw, ac Ada wedi bod yn *nanny* i blant Epstein am flynyddoedd ac wedi nabod Matthew Smith ac Augustus John, fel y dywedodd wrth Math Dolig—O, y Nadolig rhyfedd hwnnw pan oedd hi wedi ymdrechu mor galed, mor ingol o galed, i gadw'r bwganod draw, i ymddwyn fel peiriant bron, yn gwneud ei mân ddyletswyddau ac yn cynnal y confensiynau, ac eto'n ymwybodol o hyd fod yr ysfa'n dal yno fel poen corfforol y tu mewn iddi i chwilio am y prawf, i ddarganfod y gwirionedd.

Roedd wedi gadael Plas Tirion yn ddiseremoni a Bec ar ganol ei stori.

'Wrth gwrs, fe lwyddwyd i gadw'r peth yn gyfrinach,' meddai pan oedd y nyrs wedi mynd a Margo wedi codi ar ei thraed. 'Cymdeithas glòs, wyt ti'n gweld, yn cadw'r peth rhag mynd i gyfraith. Gadawyd i'r stori fynd ar led mai wedi lladd ei hun oedd o. Y doctor a'r ustusiaid, Baldwyn Thomas yn un ohonyn nhw, yn dod i gytundeb yn ddistaw mai fel ene oedd hi ore.'

'Rhaid i mi fynd, Bodo Bec.'

'Baldwyn ei hun ddwedodd wrth dy daid— doedden nhw'n ffrindie mawr? Yn danfon ei gilydd ar ôl capel, yn ôl ac ymlaen ac yn—'

'Rhaid i mi fynd!'

'Dyn annwyl, mor fuan?'

Anesmwythwyd Beatrice hithau gan y rhuthr. Wrth fynd heibio iddi sylwodd Margo ar y gwrid oedd ar ei hwyneb ac i'w weld yn ymestyn dros ei chorun dan deneuwch y gwallt gwyn.

'Are we supposed to be going anywhere, dear? Blowed if I can remember.'

Roedd bron wedi cyrraedd adref. Rhaid iddi gael rheolaeth arni'i hun neu beth ddeuai ohoni? Diolch i'r drefn fod Selin a Celt yn dod draw nos yfory. Byddai paratoi ar eu cyfer yn rhywbeth i'w wneud. Ar un adeg bu'n bwriadu gwadd Gwerful efo nhw ond methodd â chodi'r ffôn.

'Mae'r bwyd 'ma'n edrych yn fendigedig, Margo,' meddai Selin.

'Mae'n ddisgybl da, on'd yw hi?' meddai Math gan wenu ar ei wraig.

Teimlai'n fwy hyderus i glosio ati yng ngŵydd y lleill. Neithiwr, wrth iddyn nhw setlo i lawr i baratoi'r bwyd yn ôl eu harfer, roedd hi'n ddistaw a phell. Ac yntau wedi edrych ymlaen drwy'r dydd at y cyfle i siarad, yn meddwl y byddai'n amser da i ddweud wrthi am Moira, i adrodd yr hanes i gyd dros y sgleisio a'r malu a'r blasu wrth fwrdd y gegin. Teimlai'n ffyddiog fod yr amser wedi dod pan allai ddweud y cyfan wrthi. Cyn y Nadolig bu'n galed arno. Daethai Moira draw i'r tŷ ddwywaith, yn annisgwyl. Sylwasai fod Margo'n mynychu llyfrgell y Coleg a mentrodd ei lwc. Ac eto cawsai Math yr argraff nad oedd fawr o wahaniaeth ganddi a oedd Margo gartref ai peidio; roedd fel petai'n barod am *showdown*. Ar ôl hynny peidiodd â dod adre'n gynnar ar bnawniau Mercher, rhag ofn. Ond bore ddoe cafodd lythyr ganddi. Er nad oedd y tymor wedi dechrau roedd o wedi mynd i'r Coleg i wneud rhyw fanion ac i fynd drwy'r post oedd wedi pentyrru yno. Roedd braidd yn ofnus wrth agor yr amlen ond llythyr o ymddiheuriad am ei hymddygiad oedd ynddo; roedd hi wedi cael amser i feddwl yn ystod y gwyliau ac roedd hi'n bodloni i'r drefn ac yn gobeithio'n fawr y deuai i'r fflat am goffi wedi iddi ddychwelyd i Lanadda ar ddechrau'r tymor, er mwyn iddyn nhw gael gwahanu ar delerau cyfeillgar. Ond oherwydd fod Margo mor ddi-ddweud a phell drwy'r gyda'r nos, mor wahanol iddi hi'i hun, doedd waeth iddo heb â dechrau ar yr hanes. Bu felly er y Nadolig, a chyn hynny i raddau, ond yn fwy felly nag erioed neithiwr. Priodolai'r newid ynddi i anhawster gyda'r nofel a bod ei holl angerdd yn cael ei ddefnyddio i fynd i'r afael â'r stori. Darllenasai yn rhywle fod angen yr un math o egni wrth sgrifennu ag wrth syrthio mewn cariad. Rhyw ddydd fe ddeuai yn ei hôl ato.

'Disgybl, wir!' meddai Selin. 'Margo, wyt ti'n derbyn hyn'na?'

'Wel, mae'n rhaid i mi gyfadda,' atebodd heb edrych ar ei gŵr, 'fod coginio'n fwy o hwyl efo Math.'

Arferai hynny fod yn wir. Neithiwr fe'i gwyliodd yn malu'r cig oen yn giwbiau twt; casâi Math dalpiau bob siâp. Fel rheol rhôi bleser esthetaidd iddi weld y bysedd artistig yn mowldio'r cig a'i dorri, ond nid neithiwr. Ac eto rhywsut yr oedd proses araf y plicio a'r mudferwi wedi bod yn fath o achubiaeth i'r ddau ohonyn nhw, debyg, ac i beth wnâi hi i Selin a Celt deimlo'n annifyr drwy ddweud calon y gwir wrthyn nhw?

Daeth ton o hiraeth drosti, rhyw ymwybyddiaeth o golled fel gwacter mawr y tu mewn iddi. Doedd hi ddim wedi dweud wrth Math beth oedd Bec wedi'i ddatgelu. Byddai meddwl am gadw hynny rhagddo wedi bod yn anhygoel iddi ar un adeg. Bu wrth ei bodd yn dweud popeth wrtho am George, pob tameidyn o hanes, y lloffion mwyaf dibwys. Ond wedi methu dweud wrtho am ei dranc! Daliodd Selin yn edrych arni. Bu'n meddwl droeon tybed âi hi i gael gair â Selin. Hi oedd yr unig un y gallai ystyried dweud ei phoen wrthi ond ddôi peth felly ddim yn hawdd iddi, unig blentyn oedd wedi arfer bod yn hunanddibynnol. Bu'n glòs at ei mam, ond neb arall nes ffeindio Math.

Tynnodd y ddysgl bridd fawr tuag ati a syllu ar y wynwyn bach crwn yn sgleinio trwy'r gris-groes o ffa bach hirfain egsotig a stemiai'n dddelicét ar wyneb y stiw. Y bore hwnnw wrth bicio i'r dref i nôl y llysiau gwyrdd er mwyn eu cael mor ffres ag oedd modd, methodd wrthsefyll y demtasiwn i

156

fynd i weld a oedd car Math rhywle tua'i le arferol ym maes parcio'r Coleg a phan welodd ei fod yno dywedodd ei greddf wrthi na wnâi hyn mo'r tro, fod yn rhaid iddi gael mynd i ffwrdd am ychydig. *Space.* Dyna oedd ei angen arni. Cael bod ar ei phen ei hun i feddwl, i sortio'i hun allan, i ddod ati'i hun.

'Dew, be 'di'r gwin 'ma, Math?' gofynnodd Celt. 'Mae o'n dda.'

Dechreuodd Margo fynd ati i ddosbarthu'r bwyd.

'A, Château Margaux, ia?' meddai Celt yn darllen y botel. 'Addas iawn, os ca i ddeud,' ychwanegodd gan edrych yn garedig ar Margo dros ei sbectol.

Wrth iddi godi llwyaid o'r stiw gallai weld ei fod yn astudio'r label, yn edrych ar y llun o'r *château* arno—y colofnau gwych hynny a'r talcen clasurol. Ddywedodd hi ddim gair wrth Math yn gynharach pan ymddangosodd y gwin hwnnw o bob un wrth ochr y Rayburn, wedi'i daro yno i 'anadlu', ond daethai lwmp i'w gwddw. Edrychodd ar y cig gloyw ar y plât. Treuliasai oes gynnau yn gollwng y *beurre manié* fesul mymryn i ymdoddi yn y saws, a chyn hynny yn cymysgu'r blawd a'r menyn, yn eu gwasgu a'u mathru yn erbyn ochrau'r fowlen â chefn y llwy bren.

'*Premier cru!*' meddai Celt. 'Diawl, rhaid eu bod nhw'n meddwl tipyn ohonon ni, Sel.'

Rhoes Margo'r platiad o flaen Selin.

'Sut mae'r llyfr yn dod yn ei flaen, Margo?' holodd Celt.

'O, go lew, Celt, diolch.'

''Di'r hen George yn bihafio?' gofynnodd eto

wrth helpu'i hun i ddarn o fara crystiog a heb ddisgwyl ateb yn arbennig.

'Wyt ti 'di gorffen gneud y gwaith ymchwil?' gofynnodd Selin.

'Do, am wn i, hynny dwi am neud.' Ac yna ychwanegodd yn sydyn, 'Ar wahân i fynd i Lundan, ella.'

'I'r B.M.?' gofynnodd Celt. 'Dew, be ddigwyddith i'r Ddarllenfa Gron 'na, Math, pan fydd y llyfrgell newydd yn St. Pancras yn barod, os bydd hi byth?'

'I Cumberland Market,' meddai Margo. Synnodd glywed y geiriau'n dod allan. Doedd hi ddim wedi meddwl mynd yno o'r blaen. Doedd hi ddim wedi gweld y pwynt—byddai'r lle wedi newid ers dyddiau George, siŵr o fod. Ond yn awr daeth iddi fel rhywle i fynd, fel esgus i gael ei thraed yn rhydd. 'Yn ôl ei lythyra fo, yn fanno roedd George Aaron yn aros pan oedd o'n gweithio yn y B.M.'

'Trip i Lundan i ti, Math,' meddai Selin, 'cyn i'r tymor ddechra. Braf, te?'

Dim ond un noson yr arhosodd hi yn Llundain wedi'r cyfan. Roedd Math mor ddigalon pan ddywedodd wrtho ei bod am fynd ar ei phen ei hun, a byddai dweud ei bod am gael mwy o amser na hynny iddi'i hun wedi gofyn am fwy o eglurhad a doedd hi ddim eto yn barod am hynny.

Arhosodd mewn stryd oedd yn un rhes o westyau parchus, unffurf ger yr Amgueddfa Brydeinig, lle y treuliodd y pnawn cyntaf yn crwydro'n ddiamcan rhwng y casys arddangos ac yn y siop anrhegion yn y cyntedd llwydaidd oedd yn fwrn i'w hysbryd, yn disgwyl am yr apwyntedig

158

awr pan gâi fynd i sefyll am bum munud gyda
haid o ymwelwyr i edmygu'r Ddarllenfa Gron.
Troes pawb eu pennau i fyny ac ar hyd ac ar led
wrth i'r tywysydd eu bwydo ag ystadegau a
mesuriadau. Roedd y gromen yn lletach nag un St.
Paul's o gryn ddeg troedfedd ar hugain. Ie, y rheina
oedd y desgiau gwreiddiol ond bod lledr glas yn eu
gorchuddio yn hytrach na'r lledr du gynt. Na, nid y
rheina oedd y cadeiriau gwreiddiol. Tua fancw
oedd Karl Marx yn arfer eistedd . . .

Drannoeth cymerodd dacsi i Cumberland
Market. Roedd wedi bwriadu cerdded yno ac, yn
wir, wedi dechrau gwneud hynny, olrhain camau
George o'r Amgueddfa i'w lodjin, ond aethai i
deimlo'n ddryslyd a chollodd ei ffordd. Doedd hi
ddim wedi medru cysgu yn ei gwely cul, wedi'i
chloi rhwng y cynfasau tyn, anhyblyg. Arafodd y
tacsi wrth gyrraedd Albany Street; roedd damwain
wedi digwydd a phlismyn o gwmpas yn
cyfarwyddo'r traffig. Ar ei hochr ar y lôn gorweddai
hen wraig, ei dwylo ymhleth a'i phengliniau
wedi'u plygu'n dwt yn union fel petai hi wedi
gwneud ei hun yn gyfforddus yn y gwely. Golygfa
oedd yn bictiwr mewn gwahanol fathau o lwyd—ei
dillad, ei gwallt, y lôn odani, ei hwyneb a'r crychau
yn we tywyll drosto. Roedd yn anodd dweud a
oedd hi'n dal yn fyw. Trodd y tacsi i'r dde ac yna i'r
chwith i ganol y tyrau o fflatiau rhwng Albany
Street a Hampstead Road.

'What number d'ye want, darling?'

'Twe—this'll do fine. Stop here, please.'

Yn ôl yr arwyddion roedd yn sefyll ar gornel
Osnaburgh Street a Cumberland Market ar ganol

un ochr i sgwâr y farchnad gynt, mae'n debyg. Roedd blociau o fflatiau'n amgylchynu'r sgwâr, rhai gweddol fodern o'r cyfnod wedi'r Ail Ryfel Byd, a awgrymai fod yr ardal wedi'i bomio yn o arw. Rhif 24, lle bynnag y safai gynt, wedi troi yn rwbel. Roedd tyrau o fflatiau uwch o lawer i'w gweld yn codi'u pennau yn y cefndir ond dim ond rhyw bedwar neu bump llawr o uchder oedd i'r rhain. Doedden nhw ddim yn hyll chwaith; anobaith a'u nodweddai yn hytrach na hagrwch. Cerddodd yn ei blaen. Distaw iawn oedd hi ym mhobman. Aeth dynes neu ddwy heibio iddi a bagiau yn eu dwylo, ar eu ffordd i siopa mewn stryd arall, yn siŵr, gan nad oedd siop o gwmpas y sgwâr. Gwelai dŷ tafarn ar un gornel ond marwaidd iawn oedd hwnnw hefyd, ei ffenest Ffrengig fymryn ar agor a'r cyrten melfed tywyll arni wedi dechrau dod oddi ar ei fachau.

Roedd y fan lle bu'r farchnad yn dal yn faes agored ond bod weiar netin o'i gwmpas a phrysgwydd gwantan yn tyfu'n flêr drwyddo. Gwelodd fod giât ar agor ynddo a chroesodd y ffordd i weld beth oedd y tu hwnt i'r netin. Doedd yna'r un creadur byw yno, dim un plentyn er mai lle chwarae oedd o, yn amlwg, hyd yn weddol ddiweddar, paradwys o dref fychanig wedi ei gosod allan yn ddigon o ryfeddod ar un adeg gyda rhes o siopau a system ffyrdd a goleuadau traffig fyddai'n ddiléit i'r dinasyddion bach, ond roedd y glaswellt wedi tyfu trwy'r tarmac.

Cerddodd yn ôl i Albany Street lle'r oedd twr o bobl yn dal i sefyllian yn gwylio'r dynion ambiwlans yn gosod drip i gynnal bywyd y ddynes a orweddai ar y lôn o hyd. Roedd hi'n fyw, felly.

'There you are, you see,' meddai dyn mewn tipyn o oed, 'as we get older our faculties begin to go. I was just saying that to this lady here—she comes from Scotland—'

'And I'm from Wales.'

Camgymeriad oedd dweud hynny oherwydd ni allai gael gwared ohono wedyn wrth gerdded yn ei blaen ar hyd y pafin. Cafodd yr hanes am farwol-aeth ei wraig ac fel roedd ei fab wedi cael gwaith yn Bridgend ac wedi priodi Cymraes. Edrychodd yn siomedig pan ddywedodd fod yn rhaid iddi frysio.

'I suppose you've got a loving husband at home, have you?'

Doedd Margo ddim gwell ar ôl bod i ffwrdd. Gwaeth, os rhywbeth. Allai hi ddim mynd ymlaen â'i sgrifennu oherwydd y tyndra y tu mewn iddi. Wedi i'r tymor ddechrau smaliai wrth Math ei bod yn mynd i'r llyfrgell ond treuliai oriau yn Safeway yn stocio i fyny fel ar gyfer gwarchae nes oedd y rhewgell a chypyrddau'r gegin yn llawn dop. Ac ar yr adegau prin pan âi i'r Coleg eisteddai yn gwneud fawr o ddim.

Cawsai'r profiad fwy nag unwaith o'r blaen o fethu sgrifennu ond am na fedrai droi'r gornel nesaf yn y plot yr oedd hynny. Methai yn awr, nid o achos anhawster gyda'r stori ond am na fedrai ddioddef rhoi mynegiant iddi. Byddai byw drwy'r profiadau yn ormod o wewyr iddi—y loes, y genfigen, y chwerwedd, y serch a'r atgasedd, y cariad a'r casineb, y dial, y brad.

Yn y Coleg un diwrnod wrth eistedd yn syllu ar y tudalen o'i blaen daeth yr ymwybyddiaeth drosti na welai'i llyfr olau dydd. Edwino yn rhywle fyddai'i dynged a'r inc yn gwanychu gyda'r blynyddoedd, fel ar y llawysgrifau yn yr Amgueddfa yn Llundain, y dalennau pyglyd hynny yn eu beddrodau gwydr a'r cyhoedd yn symud yn araf o un i'r llall fel pe baen nhw'n cerdded mynwent. Dechreuodd dwtio tipyn ar ei phentwr nodiadau a sylwi ar y brychau haul ar gefn ei llaw wrth wneud. Ac yn meddwl ai brychni oedden nhw mewn gwirionedd? Cododd i daflu golwg ar y ceir yn y maes parcio islaw. Roedd car Math wedi mynd. Wrth gwrs, gallai fod wedi mynd adref yn gynt nag arfer. Roedd hi'n ddydd Mercher.

Pan oedd ar stepiau'r llyfrgell ar ei ffordd allan gwelodd ei chyn-ddisgybl, Siôn, yn mynd heibio law yn llaw â geneth yn gariadus iawn. Rhaid iddi eu gwadd draw. Er ei haddunedau roedd wedi methu gwneud hynny cyn y Dolig.

'Hai, Miss,' meddai'n swil.

'Helô, Siôn, sut mae'r gwaith yn mynd?'

'Iawn, 'chi.' Gollyngodd law'r ferch a dechreuodd hithau gerdded yn ei blaen. ''Dach chi'n dal i sgwennu?'

'Yndw, weithia—'

''Dach chi'n teimlo'n iawn, Miss?' gofynnodd wrth ei gweld yn rhoi'i llaw dros ei thalcen ac yna'n gafael yng nghanllaw'r grisiau.

'Yndw, diolch. Tipyn o ben'sgafnder. Ella 'mod i

162

am y ffliw neu rywbath. Peidiwch â gadael i mi'ch cadw chi. Fydda i'n iawn.'

Edrychodd yntau i gyfeiriad ei gariad. 'Iawn, 'ta. Neis eich gweld chi. Hwyl rŵan!'

Eisteddodd Margo yn y car am ychydig i ddod ati'i hun. Rhyfedd fel roedd yr hen Siôn wedi bod yn rhy swil i gyflwyno'r ferch iddi ac yntau'n gallu bod yn llanc i gyd, fel y cofiai'n dda. Aeth ei meddwl yn ôl, nid am y tro cyntaf, i'r gwersi Chweched Dosbarth hynny. Siôn yn disgrifio'r holl amodau angenrheidiol i ladd Lleu. *Gwneuthur ennein im ar lan afon a gwneuthur cronglwyd uwch ben y gerwyn* . . . A Manon yn gwneud y sylw teimladwy hwnnw ar y diwedd—'Be dwi'n methu ddallt, 'te Miss—dwi'n gwbod ma' stori ydi hi, 'lly, ond wedyn—' Clywai ei llais yn glir yn ei chlustiau rŵan. 'Ond sut galla Blodeuwedd fyw efo Lleu am flwyddyn gyfa tra oedd Gronw Pebr yn gneud y waywffon? Fedrach chi byth fyw efo dyn, na f'drach chi, a chitha'n 'i gasáu o ddigon i'w ladd o?'

Rhoes y goriad yn y clo a dal ei gafael ynddo am funud cyn cychwyn yr injan yn sydyn. Llywiodd y car drwy'r maes parcio ac allan dan byrth y Coleg a chyn bo hir fe welodd beth oedd hi'n chwilio amdano. Roedd car Math yn sefyll mewn stryd fach i lawr yr ochr ger tŷ'r eneth-yn-y-glaw. Gwyddai Margo ar unwaith beth oedd yn rhaid iddi'i wneud a chafodd hyd i le gwag stryd neu ddwy ymhellach ymlaen. Roedd yn rhaid iddi gael gwybod. Ac allai hi ddim bod yn siŵr fod Math yn y tŷ heb ei weld â'i llygaid ei hun.

Gyferbyn â'r tŷ roedd tir diffaith lle'r oedd gwaith adeiladu wedi cychwyn ac wedi mynd â'i ben iddo. Sylwasai arno o'r blaen drwy'r fynedfa agored, ar y pentyrrau bach o frics wedi'u rhwymo'n becynnau twt a'r domen fawr o rwbel ar ei ganol a'r coed banadl a bydleia yn tyfu blith draphlith drwyddi. Safai jac-codi-baw anferth yno a'i felyn yn rhwd drosto, yn dal yn yr union fan yr oedd o, a'i grafanc fawr wedi stopio'n stond ar ganol tyrchu i'r rwbel fel petai o yn Pompeii y diwrnod hwnnw pan chwydodd Vesuvius. Heb falio am ei dillad dringodd i'r sedd yn y caban er mwyn gweld yn well dros y gwrych blêr, tal rhyngddi a'r tŷ dros y ffordd. Eisteddodd yn ei chwman yn disgwyl.

Gwibiai'r ceir i fyny ac i lawr y lôn brysur ond cadwodd ei threm ar y tŷ llonydd. Doedd dim cyrtens net ar y ffenestri helaeth yn celu'r tu mewn ond doedd dim symudiad i'w weld y tu ôl i'r gwydr yn unman. Tybed oedd Agnes wedi gorfod iselhau ei hun fel hyn? Aeth rhywun heibio ar y pafin. Byddai'n edrych yn wirion petai'n cael ei gweld yn eistedd yn fanno. Dringodd i lawr. Roedd wedi cyffio ac oeri a chamodd yn herciog at y clawdd. Cafodd hyd i dwll ynddo ac yno y bu yn sbio drwy'r reilins fel carcharor, ac oglau drwg y prifet yn ei ffroenau, a'i dwylo'n gafael yn sownd yn yr haearn rhydlyd rhag i'w phengliniau roi odani. Ac o'r diwedd yn ei weld yn dod allan o'r tŷ ac yn cerdded tua'r car, a'i ddwylo yn ei bocedi yn yr osgo ffwrdd-â-hi unigryw hwnnw oedd ganddo —ffwrdd-â-hi a myfyriol yr un pryd—osgo a fu mor ysol o swynol iddi hi ar un adeg. Yn awr fe'i gwyliai yn wrthrychol, na, yn gondemniol, yn ei gasáu am edrych yn union fel y gwnâi wrth rodianna efo hi yn yr ardd fin nos yn yr haf, gydag awel y dydd.

Ni chofiai'n iawn beth a ddigwyddodd wedyn. Heb yn wybod iddi bron roedd hi'n gyrru'n wyllt yng ngolwg y môr.

'Shwd hwyl oedd ar Bec heddi?' gofynnodd Math.

Roedd yn gas ganddi weld mor hapus yr edrychai wrth aros amdani ger y drws ffrynt.

'Fûm i ddim yno.'

Doedd hi ddim yn cofio mynd, beth bynnag. Dim ond sŵn cerrig y traeth yn clecian yn erbyn ei gilydd a gofiai wrth i'r tonnau dorri ar y lan a rhuo yn ei chlustiau.

'Beth, cael gormod o hwyl ar y sgrifennu?'

Gobeithiai Math â'i holl galon fod y stori yn mynd rhagddi'n rhwyddach fel bod Margo yn gallu ymlacio. Ond doedd dim golwg felly arni. Roedd o mor awyddus i siarad â hi; bu'n cael y coffi ffarwél gyda Moira y bore hwnnw ac ymddangosai o'r diwedd ei bod wedi dod at ei choed ac wedi derbyn y sefyllfa. Gallai ddweud popeth wrth Margo'n awr ond roedd golwg mor guriedig—ac eto mor wyllt—arni fel y teimlai mai angen ei chysuro oedd arni yn hytrach na'i phoenydio ymhellach, o bosib, gan rywbeth nad oedd o bwys bellach.

'Eisio meddwl oedd arna i. Sortio fy hun allan.'

'Lwyddest ti?'

Nid atebodd.

'Dere i'r tŷ. Mae'n oer.'

Er ei hymddangosiad allanol roedd yna ryw dawelwch mewnol yn treiddio drwyddi, fel petai

165

ffordd glir drwy'r dryswch wedi agor o'i blaen. Teimlai y gallai o leiaf gael digon o reolaeth arni'i hun i fynd drwy'r gyda'r nos—bwyta swper, gwrando ar y newyddion, tipyn o gerddoriaeth hwyrach.

Wedi mynd i'r gwely gorfu iddi roi'r gorau i'r smaldod a throes oddi wrtho.

'Wyt ti'n fodlon siarad?' gofynnodd Math.

Yn y tywyllwch, pan na allai weld gofid ei hwyneb rhagor, daethai'n fwy ymwybodol o'i angen ei hun i ddweud yr hanes. Cyffesu a chofleidio a'i roi o'r neilltu am byth.

Nid atebodd.

'Ti'n iawn?'

Ac a wyt iach di?

'Wedi blino braidd ydwi.'

Meddyliaw yr wyf, eb hi . . .

'Margo,' meddai gan droi ati.

Gallai hi daro rŵan!

'Margo, wy wedi bod yn moyn dweud rhywbeth wrthot ti ers tro.'

Ia, troi ato rŵan a'i gyhuddo, bwrw'i llid a rhedeg i lawr i'r gegin yn ei chynddaredd i nôl y gyllell a ddewisodd wrth baratoi'r swper. Ond na, nid rŵan, nid dyna'r cynllun.

'Fory, Math. Gad o tan fory.'

A wnei dytheu er Duw ac erof inneu fynegi imi ba ffurf y galler dy ladd dytheu? . . . Mi a'i dywedaf iti, eb yntau. Gwneuthur ennein im ar lan afon a gwneuthur cronglwyd uwch ben . . .

Yn y bore, dyna pryd.

Ni ddisgwyliai i gwsg ddod drosti ac at hynny roedd arni eisiau cadw'n effro i rihyrsio'r cynllun drosodd a throsodd yn ei phen. O'r diwedd clywodd

Math yn anadlu'n drwm a rheolaidd ac yn ddiwedd-arach rhoes ei fraich amdani fel y gwnaethai laweroedd o weithiau yn ei gwsg. Hyd yn oed yn awr daeth yr ystum cyfarwydd â rhyw fath o dangnefedd iddi a dechreuodd deimlo'r meddyliau arteithiol yn gollwng eu gafael arni a breudd-wydion cymysglyd yn cymryd eu lle. Deffrôdd rywbryd pan oedd yn dal yn dywyll, a chofio tamaid o freuddwyd amdani'i hun yn hen wraig mewn du, ei gwallt yn frith a'i hwyneb wedi crebachu a phlant yn ffoi oddi wrthi mewn ofn a dychryn.

Bu'n meddwl llawer am Agnes ond gwyddai, beth bynnag a ddigwyddai, na allai hi oroesi a byw wedyn fel y gwnaethai hi, a hynny yn yr un tŷ! Gwyddai o'r gorau beth oedd yn rhaid iddi hi ei wneud. Roedd y car yn barod ganddi ar y dreif a'i danc yn llawn a'r goriad wrth law.

Amseru perffaith. I'r eiliad. Safai Math yn union lle'r oedd hi wedi disgwyl iddo fod. Roedd hi'n ei nabod mor dda, yn gwybod am ei symudiadau yn y stafell molchi a'i ffordd o wneud pethau, trefn y molchi yn y baddon a'r sychu wedyn. Roedd wedi ei wylio neu wedi rhannu'r ddefod neu wedi'i ddychmygu droeon yn y boreau wrth eistedd yn ei gwely yn sipian ei the. Y bore hwn roedd y te'n oeri yn sŵn tipiadau isel, amhersonol y cloc cwarts ar y bwrdd bach a hithau wedi bod i lawr y grisiau ac yn aros ei chyfle.

Amseru perffaith ac fel mewn drama y cymeri-adau yn eu priod le ar yr amser iawn, y hi wrth y drws a'i llaw dde tu ôl i'w chefn ac yntau ar fin camu o'r dŵr a'i groen yn diferu a'r blewiach modrwyog yn glynu'n dywyll yng nghilfachau'i gorff.

Syrthiodd y cen oddi ar ei llygaid wrth ei weld. Safai Math yno yn hollol lonydd ar risiau'r baddon yn syllu arni. Ni allai symud ei llaw. Beth ar wyneb daear oedd wedi dod drosti? Beth yn y byd mawr oedd hi'n feddwl oedd hi'n wneud? Sut y gallai hi frifo un rhan ohono? Ei anharddu. Achosi gwae a gwaedd. *Garymlais anhygar.* Clywodd riddfan isel yn dod o'i mynwes ac yna lais Math yn galw ac yn galw wrth iddi redeg allan o'r tŷ.

Dyna fo ben y bwlch ar y gorwel a'r ffordd dda yn troelli tuag ato rhwng ffriddoedd agored. Stribedi claerwyn o eira yn rhigolau'r creigiau a chysgodion y cymylau tywyll yn rhuthro o'i blaen ar hyd y lôn. Rhoes ei throed ar y sbardun. Roedd bron yno. Cyn bo hir byddai'n chwyrlïo gyrru i lawr yr allt ac yng nghegin Bodo Mac cyn pen dim. Yna cyflawni popeth mor gyflym ag y gallai. Dim oedi, ac eto ymddangos yn ddidaro yn lle bod Mac yn mynd i amau rhywbeth. Fyddai hi ddim yn synnu gweld ei nith. Plentyn natur oedd Mac, yn dilyn ei greddf, yn derbyn pethau fel y doent ac os oedd Margo wedi cymryd yn ei phen i gael diwrnod o saethu fel erstalwm, popeth yn iawn. 'Gadwch i mi gael tipyn o bractis ar 'y mhen fy hun gynta, Bodo Mac,' fe ddywedai. 'Trio'n llaw efo'r gwn yn yr hen goedwal, ga i?'

Siglo am y tro sydyn i mewn i'r bwlch a chychwyn am i lawr. Roedd mymryn o farrug ar y ffordd. O'i blaen, y goriwaered serth yn wag am a welai tan y gornel nesaf. Rhybuddion mawr mewn llythrennau bras yn cynghori newid gêr, ond beth oedd ganddi ar ôl i'w golli? Roedd hi dros y llinell wen wrth gymryd y tro er mwyn arbed gorfod arafu wrth ddilyn hynt droellog y lôn i lawr drwy'r mynyddoedd. Ond roedd angen pob mymryn posib o led ar y lorri a duchanai'n araf i'w chyfarfod. Collodd hynny oedd ganddi o reolaeth wrth geisio closio i'w hochr.

Roedd hi'n dywyll a'r boen yn ddirdynnol ac eto roedd rhyw liniaru wedi digwydd. Amser maith, maith yn ôl roedd hi'n cael ei thaflu drwy'r awyr a phraidd o fwch geifr yn sgrialu o'i ffordd, neu dyna oedd hi'n feddwl. Roedd hwn yn well lle a'i phen yn gorwedd ar rywbeth esmwyth ac yn y pellter yn rhywle roedd seiniau pêr fel pibau yn y coed neu heulwen yn hidlo drwy ddail. Rŵan gwelai lyn ac ynys arno a gwlad baradwysaidd dan y dŵr a'r nodau yn ei chario yn garuaidd a diogel ar eu cefnau drwy'r tirwedd braf.

'Mae'n hen, hen feddyginiaeth, wyddoch chi—miwsig.'

Afon felen lydan yn symud yn araf i'r môr a choed afalau wrth ymyl tŷ a'r rheini'n troi'n winllan, yn rhes o lwyni bach a rhywun yn sefyll rhyngddyn nhw yn aros amdani, brws paent yn ei law a gwartheg yn y cae y tu ôl iddo . . .

'Ia, dyna chi, daliwch i siarad â hi—mae'n bwysig—does wybod yn byd. 'Rhoswch faint fynnoch chi . . .'